若き医師たちのベトナム戦争とその後

Young Vietnamese Doctors
in the Vietnam War and later

people who have contributed to
the construction of the post-war Vietnam society

戦後の礎を築いた人たち

グエン・キム・チュン Nguyen Kim Chung
ド・トュイ・ラン Do Thuy Lan
グエン・バン・トゥオン Nguyen Van Thuong
グエン・チ・ゴック・フォン Nguyen Thi Ngoc Phuong

〔編著・監訳〕
黒田　学 Manabu KURODA

〔執　　筆〕
ダン・ミン・グエット Dang Minh Nguyet
ブ・チ・ハ Vu Thi Ha
向井　啓二 Keiji MUKAI

〔翻訳・通訳〕
ズオン・チ・ゴック・ハン Duong Thi Ngoc Han
ディン・グエン・チャン・トゥ Dinh Nguyen Tran Thu

〔序文─刊行に寄せて〕
古田　元夫 Motoo FURUTA

クリエイツかもがわ
CREATES KAMOGAWA

序文――刊行に寄せて

ベトナムにおけるベトナム戦争の語られ方は、二一世紀に入って大きく変化してきているように思われる。ベトナム戦争に関する出版でも、以前は、共産党や解放民族戦線の指導者や高級軍人という、この戦争で指導的な役割を果たした人々の回想が、大きな比重を占めていた。しかし二一世紀に入ると、新しい動向が生まれている。それは、この戦争を一兵士や一従軍医師として最前線で担った人が、戦争当時書いた日記や書簡を、まとめて出版するという動向である。

ホーチミン・ルートに置かれた軍病院の医師として活躍したレ・カオ・ダイの回想（日本語版、古川久雄訳『ホーチミン・ルート従軍記』岩波書店、二〇〇九年）、ハノイ医科大学を卒業して女性医師として従軍し、一九七〇年に南で戦死したダン・トゥイー・チャムの日記（日本語版、高橋和泉訳『トゥイーの日記』経済界、二〇〇八年）、ハノイ総合大学在学中の七一年に入隊、七二年に南で戦死したグエン・ヴァン・タックの日記『永遠の二十歳（はたち）』（ベトナム語原本二〇〇五年出版）などがその代表作で、これらは、日本と同じく「活字離れ」が進行するベトナムの若者の間でも、ベスト・セラーになっている。

これらの書物は、きわめて英雄的ではあるが、同時にきわめて人間的で、ある時には怒り、ある時には笑い、ある時には泣いた、生身の人間が綴った戦争体験談としてのリアリティをもっている。そのリアリティが、ベトナム戦争が終結してすでに四〇年以上が経過し、すでに「戦争を知らない世代」に属する現代ベトナムの青年の心に響くものをもっているからであろう。

同時に、「戦争の世紀」といわれる二〇世紀にあっても、ベトナムは最も過酷な戦争を体験した国であって、その時代のベトナムを生きた、兵士以外の人々も、きわめて劇的な体験をしており、私は、それが、オーラルヒストリーとして記録されれば、将来、歴史を振り返る際に、ベトナムの人々だけでなく、世界の人々にとって、きわめて意義ある記録になるだろうと、考えてきた。

私自身は、残念ながらこの思いを実践する機会がないまま今日に至ってしまったが、今回、友人の黒田学氏の編で、ベトナム戦争とその戦後を生きた四人のベトナムの医師の個人史が出版されたことは、たいへん意義深い。本書に描かれているのは、従軍体験ではなく、戦争の時代とその直後の困難な時代を、学生や若き医師として生きた人々の活動と生活の記録であり、これまでのベトナム戦争の本では十分に知れなかった人々の暮らしの一端にふれることができる。

ベトナム戦争が終結して四〇年以上の時が経過したということは、ベトナム戦争体験の個人史の収集は、そろそろ時間的限界が訪れつつあるということを意味している。ベトナムの人々自身によって、あるいはベトナムと接点をもつ外国人によって、本書のような試みが広く展開されることを望みたい。

古田　元夫

二〇一九年三月

はじめに

本書は、ベトナム戦争終結（一九七五年）から四〇年以上の歳月を経て、ベトナム戦争の記憶が次第に薄れていくなか、改めて当時の若者、「若き医師たち」の思いを振り返るとともに、南北統一後のベトナム社会を牽引してきた人たちの足跡を追うものである。

昨年二〇一八年は、日越外交関係樹立四五年にあたり、日本とベトナムとの国レベルの外交関係だけでなく、市民レベルの草の根の交流活動や芸術・文化活動など多彩な取り組みが繰り広げられた。今日では、ベトナム社会に平和が保たれ、ベトナムの人びとが活気あふれる生活を送っている。平和と繁栄を遂げるにあたって、戦争によって荒れ果てた国を再建した人びとの努力は並大抵のものではなかっただろう。戦争による多くの犠牲者、とりわけ若い人たちの未来が奪われた戦争を振り返り、戦争の惨禍と平和のあり方を見つめ直し、戦後社会の復興と国際社会の平和をどのように築き上げればよいのか、考え行動することが必要だろう。

『トゥイーの日記』（高橋和泉訳、経済界、二〇〇八年）として知られたダン・トゥイー・チャム（Dang Thuy Tram）は、ハノイ医科大学を卒業後、ベトナム戦争に従軍し、戦死した。同時期にハノイ医科大学で学び、戦場に限らず銃後で戦った若き医師たちは祖国統一をめざして奮闘し、ベトナム戦争での勝利を果たした。しかし、本書に取り上げたように、戦乱を生き延びた若き医師たちにとって、戦後、統一を果たした祖国の再建は決して平坦な道のりではなかった。

ベトナム戦争そのものについては、ここでは詳述しないが、本書に関わる点について、少しだけ触れておきたい。ベトナム戦争は、第二次インドシナ戦争とも呼ばれ、一九五四年のジュネーブ協定と南北分断、特に一九六四年のトンキン湾事件以後の米国による大規模介入から一九七三年のパリ和平協定締結を経て、一九七五年、ベトナム民主共和国（北ベトナム）と南ベトナム解放民族戦線の勝利による終結までの戦争のことである。一九六五年は、北ベトナム（ベトナム労働党）が米軍との本格的な戦闘を決め、ホーチミン・ルートを通じて人員（兵士）、物資補給の両面で急増させた。一九五九年から六四年までの人員補給は累計で一万二千人だったのに対して、六五年からテト攻勢のあった六八年までは四〇万人、六九年から南部解放の七五年までで一八八万八千人に達したという[註]。

本書に取り上げた「若き医師たち」とは、グエン・キム・チュン医師（ハノイのニャンチン障害児学校の前校長、一九四二年生まれ）、ド・トュイ・ラン医師（ハノイ・サオマイ療育センター長、一九四八年生まれ）、グエン・バン・トゥオン医師（ベトナム赤十字社元総裁、一九四三年生まれ）、グエン・チ・ゴック・フォン医師（ホーチミン市ツーズー病院元院長、一九四四年生まれ）の四名（トゥオン医師を除いて女医）である。最初のお三方は、当時の北ベトナム（ベトナム民主共和国）のハノイ医科大学に学び、最後のフォン医師は当時の南ベトナム（ベトナム共和国）のサイゴン大学医学部（現在のホーチミン市医科薬科大学）で学んだ。四名ともに医学を学び、分断された南北ベトナムの統一をめざし、フランスによる植民地支配、それに続く米国の介入に命がけで戦い、傷ついた兵士や市民の命を守った。戦後は統一したベトナム社会の礎、とりわけ保健医療、障害児教育、枯れ葉剤被害者支援を通じて、ベトナム社会の基礎を築くために奮闘された。

チュン医師とラン医師は、障害のある子どもたちの教育、療育などの支援を献身的に取り組んでこられた。トゥオン医師は、ベトナム赤十字社の元総裁であるが、二〇〇三年のＳＡＲＳ（重症急性呼吸器症候群）流行時の疾病対策で陣頭指揮を執ったことで名が知られている。フォン医師は、ツーズー病院で、枯れ葉剤被害者である「ベトちゃんドクちゃん」の主治医としても有名な方である。

なお、チュン医師については黒田がインタビューを行い、ラン医師はご自身で執筆され、トゥオン医師についてはダン・ミン・グエットが、フォン医師についてはブ・チ・ハが、それぞれ本人が書いたエッセイや記録を元に再構成し、執筆している。

また本書は、ハノイ医科大学の系譜およびベトナム戦争中の人々の暮らしについて、補論として向井啓二が解説を加え、翻訳および通訳は、ズオン・チ・ゴック・ハンおよびディン・グエン・チャン・トゥ（第1章のみ）が担当した。
戦中戦後の半世紀を経て、ベトナムは経済成長により「中進国（中所得国）」として発展し、平和な社会を築いている。そういう時代を迎え、ベトナム戦争中、戦後に生きてきた医師たちの証言を元に、戦争と平和、国際社会の安定を改めて問い直すことができればと願う。

編著・監訳　黒田　学

付記：ベトナムの地名や人名など固有名詞について、可能な限り表音に基づいたカタカナ表記としているが、これまでに慣用的に使用されている名詞、例えば、ツーズー病院などについては、それらにしたがっている。

註）古田元夫「解説」（レ・カオ・ダイ（古川久雄訳）『ホーチミン・ルート従軍記』岩波書店、二〇〇九年、所収）、384〜385ページ。

若き医師たちのベトナム戦争とその後　戦後の礎を築いた人たち　もくじ

1 同世代の亡き友を思い、戦後の障害児教育に貢献

グエン・キム・チュン医師（ニャンチン障害児学校前校長、一九四二年生まれ）へのインタビュー

黒田　学
Manabu KURODA

はじめに

グエン・キム・チュン医師（Dr. Nguyen Kim Chung）は、ハノイにあるニャンチン障害児学校の校長を二〇一八年三月まで務めた。彼女はハノイ医科大学（１９６０－１９６６年クラス、四〇〇人）を卒業したが、その同級生にはダン・トゥイー・チャム（Dang Thuy Tram）がいた。ダン・トゥイー・チャムは、ベトナム戦争（抗米救国戦争）に従軍し、一九七〇年に戦死したが、彼女の戦死までの日記が米軍兵によって拾われ、『トゥイーの日記』（高橋和泉訳、経済界、二〇〇八年）として刊行された。またベトナム人監督によって映画化（Đừng đốt、監督ダン・ニャット・ミン、二〇〇九年）もされている。

筆者は、チュン医師と数年前に研究調査でお目にかかった際、医師として障害児教育に関わるきっかけを伺うなかで、トゥイーと同じハノイ医科大学を卒業し、彼女が同級生であることを伝え聞いた。それ以来、まとまった時間をいただいてインタビューする機会を探っていたが、二〇一七年二月〜三月、立命館大学の学外研究制度でハノイに滞在した折り、通訳を務めてくれたトゥ先生（ハノイ師範大学特別教育学部講師）の協力を得て、三回にわたってインタビューを実施した。

インタビューの目的は、チュン医師の半生を通じて、ベトナム戦争中の生活の困難さと平和の尊さを広く伝えることであり、その質問項目は主に、①ベトナム戦争中、ハノイ医科大学での学生生活の様子、②ベトナム戦争後の生活、家族、仕事に関わって、③ニャンチン障害児学校校長を務め障害児教育に携わるまでの様子や思いについてである。[1)]

トゥイーは従軍医師として戦地に赴任したが、チュン医師はハノイ医科大学で後進の指導にあたる任務に就いた。しかし、後に詳述するように、チュン医師もまた戦火を逃れての移動教室での生活は困難を極めた。また、ハノイ医科大学の1960−1966年クラスの卒業生は、その多くが従軍医師として活躍し、命を失ってい

チュン医師

る。[2)] さらに、当時の従軍医師の記録として日本に紹介されているものとして、レ・カオ・ダイ（古川久雄訳）『ホーチミン・ルート従軍記』（岩波書店、二〇〇九年）がある。

このような状況下で、戦地に医師が必要であったことは容易に想像でき、後述するように1960－1966年クラスの卒業生はこぞって戦地への赴任を希望したという。

以下は、チュン医師へのインタビュー（一部ご本人の手記）に基づいて、その内容を整理し報告するものである。

チュン医師の略歴、家族

チュン医師は、一九四二年五月、ハノイで生まれた。ベトナムが一九五四年のジュネーブ協定で独立した頃、彼女は中高生時で、医師を志していた。母方に医師が多かったため、自分もその道を進もうと考えたという。おじたち(母方の兄・弟とも)が医師であったことも影響した。特に伯父は、医院を経営し、食糧不足のため栄養失調となった患者を多く診たという。チュン医師の父親は、彼女の生後すぐに病死した。当時は医師が少なかった。彼女の姉は、ハノイ師範大学に学んだが教師にはならず、ロシア語を活かして政府系企業（貿易会社）で働いた。彼女は、一九六五年、二四歳で結婚し、ハノイ医科大学を卒業した。同年四月、第一子、長男が産まれ、一九七二年一二月には、第二子、長女が産まれた。一九七二年当時は、戦争の最も激しい時期であり、三月には「テト攻勢」、五月には北爆激化、さらに一二月にはハイフォン、ハノイへの猛爆（「クリスマス爆撃」）があった。

彼女の夫は、一九三六年生まれの機械製造技師であり、国営の灌漑施設建設事業に従事していた。夫は、英語を話せたこともあり、一九七二年から一九七五年時には、一七度線近くに移動し、兵士としてではなく通訳として休戦交渉の任務にあたったという。サイゴンに赴任したこともあったという。一九七三年の休戦協定締結の際には、両当事者の軍事連合委員会のメンバーとして会議に参加した。

チュン医師は、一九六六年に医科大学を卒業後、ハノイ薬科大学での後進の指導、内科医として実習指導担当となった。当時、六か月の乳児、長男がいた。ハノイでの米軍による爆撃を避けるために、大学は疎開し、移動教室となり転々とした。夫は、先の仕事のためほとんど別居の状態であり、一人で乳児を育てなければならなかった。彼女は当時二四、二五歳で若かったが、生活は極めて困難だった。しかしながら、つらいこともあったが、同僚の教員や学生たち、地域住民の支援、助け合いがあって、独立をめざした生活は充実したものだったと振り返った。

後に長男は、旧ソ連（ロシア）に留学し自動車の技師となり、現在は自動車会社に勤務している。長女は、ニャチャンで水産についての専門教育を受けたが、現在は銀行に勤務している。

ハノイ医科大学で勉強した頃[3)]

高校生を終える頃（一九五九年～一九六〇年）、ベトナムは二つの領域に分断されていた。北部は北緯一七度線までであり、私たちが平和に生活し、学習できていた。南部は一七度線以南でアメリカ人侵略者とその協力者としての傀儡政府によって占領されていた。私はちょうど青年期に入っている時期であった。私たちはたくさんの夢を見ていた。それは、大学へ進学してたくさんの知識を得て、将来には国を建設すること、青年団の事業に参加して国を建設することであった。私は高校生として子どもから青年になったばかりであり、小さい頃から勉強することしか知らなかった。その時の私の夢は大学に入ることであった。ただし、どんな分野を選択するのか――家族の伝統をよく理解しつつ、それに南の人々の生活が困難であり、特に愛国者がアメリカ軍人によって抑圧・虐殺されていることを毎日よく聞いていたから。一方、北部の人民の保健に対する意識がまだ非常に低く、健康診断・治療の施設も大変少ないことから、医科大学に入学して、人民の保健にぜひ貢献し、従事したいと思った。

一九六〇年一一月にハノイ医科大学を受験して合格した。受験したコースは、郡レベルの保健、コミュニティベースの医師を育成する初めてのコースであった。

私のコースには四〇〇人の学生がおり、元々医師として従事しているが大学へ改めて進学する者、親と一緒に北に来て入学する者、親が南に残って米軍と戦っていてハノイの大学へ進学する者が含まれていた。私たちは、各省の高校を卒業してから入学する者であった。

私は初めてそのような大学で学習することになり、たいへんうれしかった。だれもが学生寮に住むことを希望した。その理由は仲間の近くで過ごしたいからだ。しかし、寮が狭いため、医師である学生、南から来た学生、遠い省から来た学生が優先された。私たちはハノイにいるため寮には住めなかった。当時の医科大学は現在のような立派な校舎が建設されていなかった。カリキュラム、科目の内容は、各病院や研究所と連携していた。

私たちは郡レベル向けの医師として育成されるため、一年生から介護や看護師として実習することになった。理論・知識については大学の教室で講義を受け、実習はハノイ市内や郊外にある施設に行かなければならなかった。そこまでは自転車で数十キロメートルも走った。自転車にクラスメートを乗せて行くか、歩くか。近くの地域が優先されたが、特に衛生・栄養の科目は人民の健康向けの施設（井戸、バスルーム、トイレなど）を建設している地域に出かけた。または、伝染病の防止プログラムもあった。遠くの省まで出かけて、マラリア、失明、甲状腺腫などの防止についても学んだ。私のグループは少数民族の住むランソン（Lang son）省まで行った。まず列車に乗って、それから十数キロメートルも歩いて各村の住民と一緒に生活をした。その頃の住民生活は非常に困難で、各学校は食糧を確保するために、植物の栽培および飼育農場を設けていた。

大学の各クラスは、交代でタイグエン（Thai Nguyen）省へ出かけ、二週間から四週間にわたって労働した。食料は、トウモロコシ、芋、カッサバ、小麦粉（他国から援助してもらったもの）であった。小麦粉は、食堂担当者が塩をかけてケーキの形に握って茹でられた（私たちはそれを「地下トレンチ食」と呼んだ。理由は、当時、戦争中なので個人の避難用トレンチが地下に設けられ、その上に蓋が置かれていた）。

私たちは一〇人から一五人の学生グループで勉強した。先生方は非常に熱心に教えてくださり、私たちを自分の子どもや親戚のように扱ってくださった。先生方は授業を終えてから、私たちと一緒に実習へ出かけた。病気診断（例えば、臨床）向けの設備が非常に少ないため、先生は自分の経験を学生たちに教授し、一緒に実践した。大学の六年間、私たちは大変な喜びに満ち、勤勉で、お互いに手伝いあった。うれしいことも悲しいことも、仲間みんなで共有した。特に南部の学生たちと。休日には、ハノイ出身の私たちは、南部の学生たちを自分の実家へ遊びに来るように誘った。家族も彼らのことが大好きで、彼らを通じて南部の情報もわかった。クラスの仲間は特に勉強についてお互いによく助け合った。南部の学生たちは早く故郷へ帰りたいので、勉強の時間が早く経ってほしいと願った。一方、私たちは早く勉強を終えて市民に医療サービスを提供し、人民の健康を改善したいと願った。それで、みんなは、南部がアメリカ軍による破壊戦争を戦うための強固なバックエンドとなり、すべてのベトナム人民に平和と幸福がもたらされることを希望したのだった。

医科大学生の戦争貢献

当時、医科大学生のベトナム戦争への貢献には五つの方法があり、赴任先として三か所①B：南部地域、②C：ラオス地域、③カンボジア地域、そして④首都ハノイでの作戦活動への貢献（a：医科大学・薬科大学での後進の指導・教授、b：他の機関に従事）、⑤軍隊（軍人の場合にはあらゆる面での参加が対象、非軍人の場合は戦場へ赴任）というものであった。

例えば、①B：南部地域を選択すれば（これは最も厳しい選択に相当する）、派遣前に自らの血で遺書を書いていた。ハノイに住んでいる人たちの場合、この選択をしたい人は多く、応募してもなかなか選ばれなかった。また、トゥイーの場合、彼女の父親が南部のクアンガイ地域の出身であったため、①B：南部地域に派遣されたという。

１９６０－１９６６年クラスは、戦火の最も激しい時代という特別の状況に置かれていた。このクラスの学生は初めて戦争に参加した学年であり、戦死した学生が多い。一九六五年には多くの学生が派遣され、学生の行く先は離ればなれになり、医学専門教育の継続は困難になっていった。当時のベトナム政府は、ベトナム戦争が長期にわたる戦争になることを予測して戦争を準備し、医学生に対して戦争への貢献・協力を求めたのだった。

任務

チュン医師は、クアンニン（Quang Ninh）県近くの森林、バクザン（Bac Giang）県のチュー（Chu）と呼ばれる地域に置かれたハノイ薬科大学の移動教室に勤務した。また、米軍爆撃が激しくなると、地域内のさらに奥地に移動したこともあった。移動教室は、山道を一日に片道数時間、十数キロメートルを移動することもあり、疎開先では教員と学生が簡易の教室を建てた。米軍に発見されそうになれば教室を移動させ、そのたびに教員と学生は、竹を使って、椅子や机を作り、教室づくりを行った。教室と言っても、キャンプのテントのようなもので、壁のない小屋でしかなかった。川から飲料水を何キロも歩いて運んだが、それは困難な仕事の一つであった。地域の住民も教室づくりや生活の支援に協力した。住民の支援を得て、食糧確保のために野菜を育てた。稲刈りを一緒に行ったこともあった。

六か月の乳児を抱えた生活は大変であったが、住民はいろいろと助けてくれたという。住民は、焼肉、塩漬け魚や卵など栄養のあるものを与えてくれたが、お金を受け取ろうとはしなかった。他方で、チュン医師たちは、住民の診療にあたった。昼夜にわたっていつでも住民を診察した。

彼女は、当時を振り返って、戦時中という大変つらい時代であったが、誰もがお互いに愛する気持ちをしっかりともっていたという。教育のために、教師のために、子育てのために、相互に支え合い、応援し合う尊い気持ち、互いに愛情をもち合っていたため充実した時代であった。家族は別々に生活し、一人で幼子を育てなければならなかったが、同僚、仲間、学生、住民の支援があったことが何よりの支えだったという。

一九七五年サイゴン解放、一九七六年南北統一から平和な時代を迎えて

チュン医師は、一九七五年のサイゴン解放、独立を得たことを歓喜で迎え、さらに将来への希望が湧き上がったという。解放後、彼女の夫は、南部のタイニン（Tay Ninh）省で八年間勤務し、ザウティエン（Dau Tieng）という灌漑施設建設に尽力した。世界銀行の支援を受けて、灌漑事業に関する日本への視察を何度か経験した。

チュン医師は、一九七五年の解放後、修士論文や博士論文を執筆するために大学院への進学も考えたが、同年にハノイ薬科大学を退職し、政府の「幹部健康維持委員会」（政府幹部用の病院）に転勤し、一九八五年まで勤務した。この「幹部健康維持委員会」は、政府幹部の①健康状態のチェック、健診、②診療の役割を担い、病院、診療所に医師、看護師などを擁しており、現在も存在している。政府幹部の健康状態を維持するとともに、職務に耐えられるかを報告する

役割を担っている。

さらに、一九八五年から一九九九年までは、ハノイ赤十字社に勤務した。ハノイ赤十字社では、副社長として、実質的なマネジメントを担ったが、前勤務先との業務のギャップを感じたという。前職では、政府幹部の健康管理であったが、赤十字社では生活困難な市民を対象とした。医学を専門にしてきたが、赤十字社では社会活動、奉仕活動であり、転勤当初はつらい思いがあって、病院への勤務に戻りたいという思いもあった。業務のギャップは、例えば、副社長として、プレゼンテーションの機会が多かったが、自分は医師で、コミュニケーションスキルをもっていたわけではなく、鏡の前で何度も練習したという。しかし、赤十字社での貧困生活者への支援活動を通じて、仕事への思いが変化していった。医師としての経験や知識、自らの専門性を活かして生活支援にあたった。医師としての経験と心をもちながら、仕事に専念するようになっていった。

一九八六年には「ドイモイ」政策が始まるが、いわゆる「バオカップ制度」(配給制度)のもとでは、食糧確保が難しく、農民や市民の生活は大変であった。米の質も低く、悲しい思い出が多い。自分の子どもたちの服も足りなく、服はつぎはぎだらけで、いつも破れていた。このようにベトナムの独立後もつらい時代が残っていたが、医師としての専門性を活かして、生活困難者の支援活動、治療を行った。医学生時代には、「公衆衛生」に関する科目が嫌いだったが、ハノイ赤十字社での活動は大いに役立った。疾病予防のために、家内を清掃し、清潔にすることが必要であることがよくわかったという。「ドイモイ」政策以降は、ベトナム人の生活は向上し、生活物資の種類は多く、何でも選択でき、誰もが幸福になったと感じている。

ハノイ赤十字社での勤務を通じて

ハノイ赤十字社の勤務時には、二度、外国出張の機会を得た。一九九〇年に当時のソ連、モスクワを訪問し、一九九五〜一九九六年には米国、ワシントンを訪問した。なお、一九九五年七月、ベトナムは米国と国交を回復している。米国では、慈善事業の役割、その意味を知ることになったという。慈善事業は、国民の社会生活のレベルを向上させることにつながることを明確に感じた。米国訪問では、献血、地震や台風などの災害対策、内臓移植など、米国赤十字社の活動について学ぶ機会を得た。

他方で、ベトナム側は、米国赤十字社がNGOとしてベトナムの赤十字社関係者を迎えた形態であったが、当時の米越関係は回復したばかりであり、ベトナム戦争の経験を語る機会はなかった。戦争とは関係しない内容での記念交流イベントが多かった。ワシントンでは「ベトナム戦争戦没者慰霊碑」を訪問し、黒い壁に米兵の氏名が刻まれていたことが印象的であったが、ベトナム人の戦没者についての記載は何もなかったことが腑に落ちなかった。ベトナム人のなかには、現在も米国に行くことを嫌う人がいるが、米国訪問の経験は平和構築のためであった。

さらに、一九九〇年、先輩にあたるフン（Nguyen Quy Hung）医師とともに、ニャンチン障害児学校の設立に尽力した。フン医師は、労働傷病兵社会省のリハビリテーション部局に勤務し、多くのプロジェクトに参加し、ハイフォンでは枯れ葉剤被害者対策にも取り組んだ。一九九〇年代に、オランダのＮＧＯである「コミッテェー・ツベイ」（Committee II Holland）の支援を得て、新しい学校の設立をめざした。

当時、ハノイにはサダン聾学校とグエン・ディエン・チュー盲学校の二校しか特別学校（障害児学校）がなかったが、これら二校の支援を得て、特別学校設立に向けて取り組んだ。一九九〇年代は、ハノイ赤十字社のような非政府の民間機関が学校を設立することは極めて困難であった。ベトナム政府からの支援は得られず、「コミッテェー・ツベイ」の建設支援、資金援助を得て設立することができた。学校の敷地は、ニャンチン地区か、ザーロン地区のどちらかで検討したが、ザーロンは中心市街地から遠すぎるために、ニャンチンに設立した。一九九九年、ニャンチン障害児学校が

ニャンチン障害児学校校舎

設立され、初代校長にはフン医師が就任した。

したがって、ニャンチン障害児学校は、赤十字社立の学校であるが、当初は聴覚障害のある子どものための学校であった。現在では知的障害児や自閉症児も通学している。チュン医師は、一九九九年にハノイ赤十字社を退職し、二〇〇〇年にニャンチン障害児学校の第二代校長となった。聴覚に障害のある子どもたちなど、その家族の生活は困窮している場合が多いが、教育の機会を保障することで、自立生活を実現させたいという。

チュン医師（前列右から2人目）1980年頃

彼女は、自らの半生を振り返り、聴覚などの障害のある子どもたちのことを考えると、医師としての経験を元に、ハノイ赤十字社での社会活動が、ニャンチン障害児学校における教育へとつながっているという。医学面から聴覚および聴覚障害を捉えること、教育面からコミュニケーションスキルを高めること、社会活動からリハビリテーション、社会復帰を考えることは、インクルーシブ教育や社会形成にとって大変重要なことであり、医療、教育、社会活動の三つの統合は、子どもの権利保障そのものであると。

ニャンチン障害児学校では、先生たちは子どもたちの発達保障と権利保障という二つの役割を担っているという。子どもたちの基礎学力、生活スキル、刺繍やコンピュータ操作などのスキル、職業訓練を進めることが、子どもたちの生活自立と社会参加につながると確信している。

ベトナム戦争を振り返り、平和を願って

チュン医師は、ベトナム戦争当時を振り返り、自らの経験は、他の仲間に比べれば、ほんの小さな経験にすぎないと何度も語った。自分の経験は、当時では一般的なことであり、決して代表的なことではないと強調した。１９６０−１９６６年クラスの同級生は、三分の一が戦死した。一人ひとりの仕事の大きさは何ものにも代えがたいという。トゥイーたち、激戦地での仲間の姿は尊く、彼女たちの南部での活躍に深い尊敬をもっている。また、戦争赴任先であった①Ｂ：南部地域では、医師として従軍し戦死した者だけでなく、兵士として闘い、亡くなった者の例は数知れない。

チュン医師は、医学生当時、トゥイーとの面識はなかったという。同級生が四〇〇人で、クラスが異なっていたのでよく知らなかったようだ。また、激戦の状況では一緒に勉強する機会もあまりなかったからだ。チュン医師がハノイ薬科大学に勤務していた時、同僚の教員が、トゥイーの母親であることを後に知り、『トゥイーの日記』ともつながった。また、彼女が、「幹部

健康維持委員会」（政府幹部用の病院）に勤務したときには、トゥイーの父親の診療にあたったこともあった。トゥイーについて詳しく知ったのは、後に、彼女に関する新聞記事を読んでのことだった。トゥイーの妹さんに会うことはできたが、トゥイーが有名になってからは、彼女の両親に会うことはなかった。

チュン医師は、戦後、戦争を通じて正しいことに専念できたこと、多くの能力を得たこと、与えられたことに感謝しているという。その感謝の気持ちから慈善事業に尽力したい思いへとつながり、ハノイ赤十字社での勤務となった。戦争での体験では、個人的なことを考えることはなく、しかし当時、それは誰もが同じであった。現代の若者と比べて、彼らとの意見が異なるのは当たり前のことだ。ニャンチン障害児学校設立に尽力したのは、平和な社会を築くために、自分の家族のためだけではなく、社会のためになることに貢献したかったからだという。教育を受けてきた者が、教育の大切な役割を理解している者が、教育に貢献するのは当たり前のことであり、コミュニケーションや科学などを学ぶことの必要性は、独立や平和を思う気持ちに共通することだという。

彼女は、現在（二〇一七年）、七五歳になって、退職したい気持ちもあるが、まだまだニャンチン障害児学校に貢献したい気持ちが強い。一六年間にわたって、ニャンチン学校を維持発展させてきたが、ハノイ赤十字社は、四つの学校（ニャンチン、ザーロン、タインチ、ドンアイン）

の基礎を構築した。聴覚障害だけでなく、知的障害や自閉症の子どもたちの教育、区や地区の人民委員会の管轄による教育保障を進めている。これまでの卒業生の中には、仕事に就き、ハノイの聴覚障害者クラブの中心メンバーとして活躍している者もいる。ニャンチン障害児学校で時々美術の授業を教えに来ている卒業生もいる。

さらに、彼女は、ベトナムの将来、平和を願って、社会発展のために引き続き貢献したいという。ベトナム戦争の長い苦しみを自分は知っているが、若い人たちはその様子を聞くだけで実際のことは何も知らない。しかし、誰もが自分の生活を守り、成長できるように学習し、努力することが大切である。また情報化社会で、情報があふれかえっているなかで、悪い情報、悪影響もある。事実を見る力、情報を見抜く力をもつことも大切になっている。若い人たちには、自分の能力を高めるだけでなく、互いに高め合い、協力する心をもってほしい。

インタビューの最後に、彼女は、ベトナム戦争中に、日本の人たちが支援物資を送ってくれたこと、反戦運動をしていたことを戦後になってから知ったが、日本もつらい戦争体験を経て発展した国であり、夫が日本を訪問した機会もあって、日本には親しみを感じていると。自分の経験はあくまでも私的な経験に過ぎず、誰もが経験したことだが、このようなインタビューを受けられたことに感銘しているし、感謝していると言葉を終えた。

おわりに

インタビューを通じて、チュン医師は、自分の経験は普通のこと、代表的なことでは決してないと、何度も語った。そこには、彼女の同世代が戦地で亡くなったことへの思い、彼ら彼女らに対する尊厳がはっきりと見いだせた。しかしながら、チュン医師の半生は、決して「普通のこと」とは言えないのはこのインタビューからも明らかである。医師から社会活動家、教育者として、自然体でありながら、その人生を捧げ、その能力を十二分に発揮されたのである。

ベトナムでは、障害児の全員就学が未だ果たされず（障害児の就学率四〇％程度と言われている）、インクルーシブ教育、障害児教育の課題は山積しているが、チュン医師のような先人の努力を踏まえれば、ただ「遅れている」などと片付けてはならないだろう。戦争を生き抜き、我が子を育て、多くの生活困難者や障害のある子どもたちを支え続けている強固な意思、彼女の歩みから学ぶことは多い。また、彼女の半生は、ベトナムという一つの国における一医師の半生としての意

チュン医師（中央）、トゥ講師（右）、黒田（左）

味だけではなく、平和な社会を築くことの基礎には、社会の安定と教育の保障がなくてはならないことに改めて気づかされることだろう。

【註】

1)インタビューは、二〇一七年二月九日、一四日、三月一日の三日間、いずれもニャンチン学校会議室で実施した。インタビューに際しては、事前に趣旨および主な質問項目を記した文書を送付し、協力を求めた。通訳は、ハノイ師範大学特別教育学部講師で、滋賀大学で修士号を取得したディン・グエン・チャン・トゥ(Ms. Dinh Nguyen Tran Thu)である。また、通訳者であり翻訳者でもあるハン(Ms. Duong Thi Ngoc Han)に本稿の未定稿をベトナム語に翻訳することを依頼し、チュン医師ご本人に事実関係を確認してもらった。さらに新たにチュン医師ご自身が執筆した追加の原稿を挿入している。

2)Trần Văn Dần, *Chặng đường 05 năm phục vụ đất nước của khỏa bác sĩ Anh hùng Đặng Thùy Trâm*, Sức Khỏe & Đời Sống,10-11-2016, http://suckhoedoisong.vn/chang-duong-50-nam-phuc-vu-dat-nuoc-cua-khoa-bac-si-anh-hung-dang-thuy-tram-n124703.html

3)本節は、チュン医師自身が執筆した追加原稿(二〇一八年)を挿入している。

2

戦後、精神科医として障害児療育に尽力

ド・トゥイ・ラン医師（ハノイ・サオマイ療育センター長・一九四六年生まれ）**の手記**

ド・トゥイ・ラン
Do Thuy Lan

私の家族——父と母

私は、勉強好きな知識人の家族のもと、一九四八年三月一六日に生まれ、育った。兄弟姉妹は七人（兄弟は四人、姉妹は三人）で、私は上から四番目である。他の二人の兄弟は幼いころ病気にかかり、戦時の治療薬不足のために亡くなった。

父がインドシナ医科薬科大学に修学していた時は、革命活動が活発な時期であった。父は勉強しながら、フラ

ラン医師

ンスの植民地主義者に対する抵抗運動に参加した。その一年後に勉強をやめて軍隊の砲兵班に従軍することになった。砲兵班の指揮官としてソンローの戦いで誇り高く勝利し、フランスの艦船を撃沈させた。その後、軍事アカデミーでの勉強に派遣されたため、ディエン・ビエン・フーの戦いには参加できなかった。一九五四年、首都を解放するためにハノイに戻った。一九五七年、除隊になり、大学省に務めた。そして、ソ連（現在ロシア）へ出張し、その帰国後、国家科学技術省（現在の科学省）の科学技術ライブラリに異動を命じられ、定年退職まで勤務した。一九九八年、風邪をこじらせて七六歳で亡くなった。

母は政治総局（軍事）に務めていた。その後、幼い子どもを育てるために、戦時中にタイグエン省（革命政府が管理する自由エリア）へ避難した。栽培や飼育に従事し一生懸命に働き、子ども班を育てた。一九五〇年に私の一番上の姉と二つ上の兄は、父が軍事での高級幹部であったおかげで中国での留学に派遣された。当時、私はまだ幼かったので、派遣されなかった。一九五四年に首都ハノイは解放され、母は私たちをハノイに連れ戻った。その後、科学技術ライブラリで定年退職まで勤務した。二〇一六年に九三歳で亡くなった。

学齢期

一九五七年にタインクアン（Thanh Quan）学校に入学し、小学校一年生から中学校二年生まで勉強し、一九六四年九月にはチューバンアン（Chu Văn An）高校で勉強した。同年、アメリカは北部を攻撃し始めたので、政府機関と学校は避難、疎開しなければならなくなった。高校一年目の最初の時期に、フンエン（Hung Yen）省のコアイチャウ（Khoai Chau）地区へ疎開することになった。学校と一緒に避難するときに、所定の費用を払わなければならなかったが、私たち兄弟姉妹五人分のお金がないため、一番上の姉、二つ上の兄と私（大きい子どもたち）は働いて、下の小さな弟、妹たちを避難させることにした。親は勤務している機関と一緒に避難した。

一六歳六か月ごろ、私は独立した生活を始めた。父は関係部門に依頼して、私を国家の科学技術委員会（現・ベトナム科学研究所）の生物・植物・地理部に研修生の形態で預かってもらった。ただ、三か月経って、その委員会はハバック（Ha Bac、ハノイから九〇キロメートル離れている）へ避難することになった。そこで働きながら、パートタイムの勤務と自習をしながら三年分の高校での知識を学んだ。宿題を提出し、新しい講義を受けるために一か月に一度、自転車でハノイに戻って（九〇キロメートル。自転車は勤務先の先輩に借りて）、三年後に高校を卒業した（当時は「クラス10」と言い、現在は「クラス12」と言う）。

ハノイ医科大学への進学と疎開

幼い頃から、教師になるために師範学校で勉強したかったが、当時一番上の姉がもう教師になっていたため、父は私に医者になってほしかった（父はフランス植民地時代に医学を勉強していた）。それで、一九六八年、ハノイ医科大学に進学し、一九七四年まで学んだ。そのコースの学生数は六〇〇人であった。各クラスに一〇〇人いた。戦争中、医科大学は軍事のための総合的な医師の育成を行った。

大学生時代の最初の頃は、よく避難していた。一年目はバクタイ（Bac Thai、現タイグエン（Thai Nguyen））省のダイツウ（Dai Tu）地区に避難した。しかし、学生は大変な仕事もしなければならなかった。例えば、森に入って竹を切り、細かく割ってテントの壁を作り、ヤシの葉で屋根をふき、竹で机を作った。農村に住んでいる学生は、手や肩で物資を運ぶという重労働に従事したため、都市の学生の仕事は、少しは楽だったかもしれない。当時、毎日、中国から援助を受けた小麦、トウモロコシ、ホウ素ばかりを食べていた。一人ひとりの食べ物の量が非常に少ないので、いつもお腹をすかしていた。一か月一度しか豚肉を食べられなかった。豚肉は非常に小さなスライスが一人に一つ供給され、それはとても塩辛かった。塩付けの豚肉の色が黒いため、女学生たちは解剖学実習での死者のホルモン付けされた人肉を想像し、食べる気になれなかった。他に、塩付けされた魚も供給されたが、塩辛くて魚臭く、こちらも食べる気になれなかった。それで、塩と煮込んだ緑色のパパイヤスープばかりを食べていた。

二年目はハノイから四〇キロメートルぐらい離れたハタイ（Ha Tay）省、ビンダ（Binh Da）村に避難した。村のお宅にホームステイさせてもらった。学生たちは、ホームステイ先の家族に親切に扱われた。なかには、学生に厳しい家事をやらせる家族もあった。私は、親子二人の家族のもとにホームステイした。そのお母さんは六〇歳で、娘さんは四〇歳ぐらいであった。私は、昼間は学校のテントで食事をしたり勉強をして、夕方には村の井戸から水を汲み上げホームステイの家へ運んだ。しばらくすると実家に帰ることが許可された。毎回、少しの蕎麦の実をもらって避難先での食事を補った。当時の食べ物は、豆腐、ピーナッツ、カボチャ、トウモロコシ御飯、カッサバ、ジャガイモなどばかりであった。学生たちの食糧不足を気の毒に思って、食べ物をあげようとするホームステイ先の家主もいた。しかし、彼らも稲作や野菜を栽培し、それらの収穫後に軍に食糧を納め、納税しなければならないため、ほとんどの食べ物はお米よりもカッサバ、ジャガイモばかりであった。

三年目以降、ハノイから約二〇キロメートル離れたニョン（Nhon）という地域へ移動した。ハノイに近いので、日曜日に時々実家に戻り、親と一緒に過ごすこともできた。親からもらった蕎麦を家主にあげたり、お腹が空いたときに食べた。三年間の避難先での生活は本当に大変であった。それは当時ベトナム北部の一般状況であった。最前線、反米のための軍隊と南ベトナムの解放をすべてに優先していたからであった。また、三年生時に、クラスメートの男性三人が南部の戦場へ派遣された。残念ながら、三人のうち、二人は戦場で亡くなった。

一九七二年に、米軍はハノイを爆撃した。当時、私はバクマイ病院で実習を行っていた。米軍がバンディム砂糖工場に爆弾を落とした夜に、教師も私たちも、負傷した怪我人を次々に手術して救助するため、一時も休憩する時間がなかった。手術室は掃除や消毒の時間が取れないため、血液が床に流れたままであった。患者の生命のために、私たちは徹夜して早朝まで連続して手術を行った。アメリカの爆撃によって、足や手、腸などが切断されて、その被害は大変ひどかった。

同年一二月に、米軍はさらに激しく爆撃した。私たちはハノイ周辺の病院で実習を行っていた。悲惨なことがいっぱいあった。親しい友達は結婚した一週間後に亡くなった。米軍がバックマイ病院にB52による爆撃を行った時、当直中の医者が亡くなった（もうすぐ結婚するのに）。B52の爆弾は、ほとんど一日中続けられ、十数キロメートル離れたカムティエン（Kham Thien）町をほとんど消滅させた。ほんの少しの家族だけが避難でき、死を免れた。

卒業後、精神病院の医師として

一九七四年九月、私はハノイ医科大学を卒業し、バクニン（Bac Ninh）省、トゥアンタイン（Thuan Thanh）地区（父の出身地）の総合病院に務めることになった。そこで、病院から一年間、小児科について勉強するように派遣された。その後、同病院の小児科で仕事をしながら、内科・産科・外科医としても担当しなければならなかった。緊急治療も担当した。難しい手術だけは外科医の支援を求めた。それに助産にも携わった。この一年間の体験でいろいろな点で成長することができた。

家族がハノイにいることに加え、子どもを出産して育児をするために、一九七七年六月、ハノイへの異動を希望した。小児科医としての専門性をもっていたが、ハノイ保健局の人事部は私にハノイ精神病院を一年間支援するように求めた。当時、医科大学を卒業した学生は全員、人事部の割り当てを受けることになっていた。自分の専門に応じた選択はできなかった。ハノイ精神病院は、自宅から一〇キロメートルほどの距離だったが、交通は非常に不便であった。移動手段は自転車か乗り合いバスかであった。

一年間と命じられていたが、結局、私はずっとハノイ精神病院で働かせられ、ハノイ市内の病院（私を受け入れるという内定が決まっていたが）への転職ができなかった。そこで、また仕事をしながら、より深く精神科医の専門を学んだ。予備の専門から「グレードⅠ」の専門、そして、一九六六年には「グレードⅡ」の専門へと進級した。ハノイ精神病院の保健ステーションの最高責任者になった。このステーションの義務は、ハノイ精神病院で急性症状を治療した後の外来患者を管理すること、神経弛緩薬の使用を管理・確認すること、区や地区レベル（四つの市内区と五つの郊外地区を含む）の精神診断クリニックの医者や準医師の知識を教育することであった。

精神科医になったのは私の希望とするところではなかったが、人事部の指示にしたがわなければならなかった。ハノイ精神病院で一年間働き精神病患者に日々接触したことは、私の考えをだんだん変えさせ、患者への共感が生まれた。しかし、彼らは発症すると、生きていても人間として生きているようではなかった。その時、彼らをベッドに固定し、強力な神経弛緩薬を注射していた。一九九〇年までは、ベトナムの医学はまだ非常に時代遅れなものであった。

長年の激しい戦争を経過して、終戦後、南部を解放して祖国を統一した後も、ベトナムの経済は戦争被害によって荒廃した。配給制と切符制が導入されていた。一人は一か月に四メートル布、一〇〇グラムの砂糖、三〇〇グラムの豚肉、五〇グラムの魚、一丁の豆腐、一一キログラムの米を切符で購入した。ただし、それを買うために長い列に並ぶ必要があった。自分の順番になったときに肉や豆腐などがなくなってしまった場合も多かった。自由市場がなく、すべて政府の管理の下で、店舗で切符での買い物になった。患者も医者や準医師と同様に貧困の状況を強いられた。当時、同胞への愛と深い同情で、どうすれば患者に一番支援できるのかをいろいろと考えていた。それで、当時の仕事に安心して働くようになった。自分がこの仕事を選ばなかったが、仕事が自分を選んでいたからだ。それで、知識をさらに高めるために、専門知識と同時に英語も勉強しはじめた（高校では中国語またはロシア語を習った。大学ではロシア語を習った）。英語を上手に習うことは必要であるとよく認識し、英語がわかるようになると外国語の資料を読めるようになった。

精神保健ステーションでの勤務

一九七八年、ハノイ精神病院所属の、ハノイ所在の精神保健ステーションへ異動した。このステーションはその後ベトナムでの初めてのデイケア精神病院となった。入院による治療で症状が穏やかになったら、患者は家族のもとに帰って、再発防止のため、一週間に一回投与された薬を処方され続けた。統合失調症およびてんかんは慢性疾患のため、再発防止のために服薬する必要がある。それで、患者に一週間に一回、薬を投与するクリニックネットワークがあった。この薬は毒害レベルがA、Bと高く、過剰摂取では致死を引き起こすため、週に一回のみ投与し、患者の家族だけに薬を渡した。

五年間で私たちの地域活動グループは、一か月に一回のコミューンレベル、地区レベルの保健センターを訪問して患者を診断することになった。その他、定期的に患者の家庭も訪問してその家族の服薬管理状況を確認した（妄想の患者に対しては自殺を防ぐために必ず鍵がかかるキャビネットの中で薬を保管させた）。そして、患者の健康状態を見て薬の投与を調整した。私たちの地域活動グループには一人の医師と三人の準医師、一人の薬剤師、三人の看護師から構成され、一〇〇〇人の外来患者も担当した。

その後、ハノイ保健局は地域活動グループを精神保健ステーションとすることを決定し、以下のようにもっと広い範囲の義務を果たすことを目標とした。

①精神保健ステーションで診断クリニックを置いて、下位のクリニックが対応できない再発した患者を診断する（コミューンレベル、地区レベルの保健センターには精神科クリニックを設立することができるが、私たち精神保健ステーションの専門的支援を必要とする。そして、規定通りに週に一回薬を投与する）。

②精神病や再発に対する投薬などに関する意識を高めるために、保健スタッフ、赤十字社職員、患者の家族を確認・監視し、教育する。

オランダでの研修の機会を経て

さらに私は、社会心理的機能を回復して、社会への統合を図るためのリハビリテーションモデルを研究しはじめた。世界保健機関（ＷＨＯ）からの資料を受けて、ハノイ市バディン（Ba Dinh）区グエンチュンチュック（Nguyen Trung Truc）地区で社会心理的機能を回復するためのリハビリテーションクラブをパイロット事業として運営した。オランダ・ベトナム保健協調委員会は、専門家を何度もハノイに派遣し、ベトナムの精神医学の発展のために支援した。一九九二年に、同委員会は精神保健ステーションを訪問し、三つの組織から三人の精神科医を選定し、オランダの精神病院での研修、見学を実施した。私はその三人のうちの一人に選ばれた。私たちは、小児精神医学について学んだ。そこで初めて、自閉症や知的障害のある子どもたちの治療を行う関係施設を見学し、学ぶことができた。

一九九八年、ハノイ市人民委員会は精神保健病院を四〇人の職員と五〇床で設立した。本病院の義務は、①デイケア、外来患者の健康診断と治療を行うこと、②病院や地域で社会心理的リハビリテーション活動を行うこと、③科学研究活動およびその他の活動を行うことであった。

オランダから帰国後、ハノイ精神保健病院の副院長兼精神保健ステーションの所長に昇格した。それで、私は引き続き外来患者の社会心理的リハビリテーションモデルを拡大し、区・地区レベルの保健センターの職員に対して、精神病に関する介助・管理・治療の知識や能力を高めることに努めた。デイケア病院モデルを効果的に運営する結果、多くの精神病患者は家族や地域社会にインクルーシブすることができ、ハノイ市人民委員会からも好評を得た。この病院が設立されて以降、多くの国際組織やWHOから深い関心を受けることになった。二〇〇二年、WHOは私をスイスのジュネーブで二週間、精神医学の研究方法に関する研修に招待してくれた。同年、中国における精神医学の教授法に関する研修にも招待された。ハノイの精神医学および精神病患者への貢献実績をもって、政府から「優秀医師」という賞状をいただいた。しかし、一九九二年にオランダで研修を受けた後、自閉症や知的障害のある子どものケアについて、常に気になるようになっていた。

オランダに滞在中に、「コミッテェー・ツベイ」(Committee II Holland。ハノイに駐在事務所がある)という非営利組織にコンタクトを取り、ベトナムの特別なニーズのある子どもへの支援を求めた。同組織の委員長に会い、自閉症や知的障害のある子どもをどのように支援すればよいのか相談に乗ってもらった。同組織の教育支援を受け、オランダからの専門家による特別教育の指導・訓練を受け、一九九三年、五歳から一五歳までの一五人を対象とするパイロットクラスを開設した。しかし、二年後、ハノイ精神保健病院の院長はこのクラスの活動を停止させるよう求めてきた。その理由は、病院は保健施設であり、教育施設ではないというのだ。

それで、当時のハノイ市教育訓練局局長のグエン・チエン・ハイ（Nguyen Trien Hai）氏に会いに行き、知的障害のある子どものケアの重要性について説明した。その頃、知的障害のある子どもたちを受け入れる学校はまったくなかった。そこで、オランダの専門家を教育訓練局長に紹介し、特別教育による支援（知的障害のある子どもに対するインクルーシブ教育）を提案した。しかし、ハノイ市教育訓練局は各学校に特別教育を指導する計画をもっていなかった。

知的障害のある子どもたちは学校から引き続き拒否され、家族で過ごすことになった。彼らは時々、精神医学クリニックや精神病院に通って、神経抑制薬を投与された。この二年間にクラスに通った一五人の子どもたちの保護者は、クラスを解散しないように泣きながら訴えた。その理由は、クラスで勉強していた子どもたちは、自立スキルをはじめ、しっかりと発達していたからだ。

サオマイ療育センターの開設

以上のような理由で、私は精神保健ステーションと郊外にある四つの区と五つの地区での精神医学クリニックの仕事が非常に忙しかったが、自閉症や知的障害のある子どもたちの治療施設の開設を決心した。特別教育施設のモデルを構築したいという意志が強く、オランダのコミッテェー・ツベイの資金援助で、一階建ての建物を借りた。この敷地には二〇平方メートルの部屋が二つ、一五平方メートルの部屋が一つ、小さな庭が一つ、六平方メートルの調理場が一つあった。専門について、オランダの特別教育の専門家は、一年の内一週間来所して私たちの教師を指導してくれた。初年は非常に大変であった。私は自分の給料で家賃を負担し、オランダの組織は食堂、食器、扇風機、机などの購入資金を援助してくれた。

しかしながら、開所から四か月経過して、机と一部のおもちゃ以外、すべてを盗まれてしまった。それで、ハノイにある各国大使館に勤務する女性たちから構成された国際女性クラブは、私たちの学校を支援してくれることになった。また、カトリック・レリーフ・サービス（Catholic Relief Services, CRS）は家賃、食堂の調理器具、おもちゃ、教材・教具などを購入するための資金を援助してくれた。

二年間、バディン（Ba Dinh）区ドイカン（Doi Can）地区で家を借りていたが、治安があまりよくないため、バクマイ（Bach Mai）地区に引っ越した。この敷地は、面積が八〇平方メートル以上ある一階建ての建物で、バクマイ小学校から借りることになった。また、国際女性クラブから五〇〇〇米ドルの援助を受け、建物の改築やトイレ、食堂の新設を行った。通学予定の生徒数は三〇名で、二五から三〇平方メートルの教室が二つあった。一九九五年一二月、サオマイ療育センターは正式に開設され、ベトナム障害児救助協会に所属するＮＧＯ組織として運営することになった。

長年、医学界に従事してきた私は、自閉症や知的障害のある子どもに対する早期発見・早期療育の大切さをよく理解していた。それで、生徒たちをもっと効果的に育てるために、海外研修のための奨学金プログラムを探し始めた。その結果、一九九六年、オランダ大使館は知的障害のある子どもの早期発見・早期療育に関するダブリン（アイルランドの首都）での研修のための奨学金を私に与えてくれた。

また、自閉症や知的障害のある子どもたちのインテグレーションやインクルーシブ教育にも非常に関心をもっていたので、バクマイ小学校と連携するようになった。サオマイセンターで一定のスキルを達成した後に、子どもたちはバクマイ小学校の教室へ異動して、通常教育を受けることになった。そして、バクマイ小学校の敷地内で、自閉症や知的障害のある子ども専用の施設を建設するための提案書をオランダのコミッテェー・ツベイに提出して援助を求めた。

ベトナムにおいてこのセンターは、自閉症や知的障害の子どもの初めての施設なので、外国のさまざまなNGOやいくつかの大使館が大きな関心をもってくれた。病院での仕事をしながら、サオマイ療育センターを運営し、自分の家族の面倒をみて、二人の子どもを育てることに精一杯頑張った。その後、自分の子ども二人は、よく勉強し頑張り成長してくれ、就職した。

二〇〇〇年から二〇〇五年まで、生徒数が徐々に増加したので、カウザイ（Cau Giay）区ギータン（Nghia Tan）地区にもう一軒、施設を借りた。二つの施設はそれぞれの生徒数が三五人から四〇人で、教師が八人から一〇人であった。学費による収入は四〇%で、教師の給料、文房具、教材・教具、食事など支払いは援助金（六〇%）に依存した。自分のスキルも教師のスキルも向上させることを常に気にかけていた。当時、政府はまだ特別教育の教員養成には注目していなかった。一九九五年から二〇〇五年の段階では、聴覚障害、視覚障害への対応が中心で、二〇〇〇年代に入ってから知的障害に対応した特別教師の養成が行われた。したがって、サオマイ療育センターの教師は、オランダ、デンマーク、イギリス、アメリカの専門家による短期研修（二日間、三日間、五日間という短い期間）で教育された。

毎年のように、私はオーストラリアや日本、フィリピン、タイ、ニューヨーク、デンマーク、ノルウェー、中国などでの精神保健ケアに関する国際ワークショップに出席している。世界の先進国での自閉症や知的障害の子どもへの支援モデルをできる限り学び、見学する機会を探している。二〇〇一年から二〇〇二年まで、オーストラリアにあるメルボルン大学国際精神保健センターでのリーダーシップ研修に参加した。同時にオーストラリアで自閉症児向けの早期療育施設を見学することもできた。

研修後、ベトナム政府との関係を構築し、施設建設のための土地取得を考えていた。幸いに、ハノイ市から約九〇〇平方メートルの土地が与えられた。アメリカのある組織から四〇万米ドルの援助金を得て、サオマイ療育センターとしての新しい施設を建設した。これはハノイにおいて初めての自閉症、知的障害のある子どもの施設であった。障害のある子ども向けの総合的な治療施設にするというアイデアをもとに建築家が設計してくれた。すなわち、生徒グループごとの教室、個人指導の教室、プレイルーム、機能回復室、プール、遊び場などが整備され、二〇〇五年五月に完成した。当時、学生数は約七〇人であった。

二〇〇四年五月、二〇年間にわたって精神医学界と精神病患者への貢献を終え、この業界から本格的に退くことにした。それ以降、サオマイ療育センターの運営に全力を尽くし、ますます発展させてきた。その結果、入学する生徒数と卒業して社会に統合する生徒数はますます増えてきた。

特別教育センターとして勤務する教師は、通常の教育指導のほか、特別教育方法もよく理解する必要がある。先進国で学んだ知識をもとに、専門的な特別教育モデルを構築するのに必要なことは、言語治療、運動治療、感覚治療、行動治療、アートセラピー（音楽、美術など）というような個人指導を導入することだと思っている。それによって、障害のある子どもの諸機能をより早く効果的に促進することができる。

そのためボランタリー・サービス・オーバーシーズ（ＶＳＯ）[1]やその他の組織を経由して、それぞれの専門家を自発的に探してきた。二〇〇五年から、ＶＳＯの熱心な支援で、イギリス、フランス、オランダから各専門家が、サオマイ療育センターに来て、一年間から二年間滞在しながら私たちの教師に理論と実践の両面から、継続的かつ専門的に指導してくれた。その結果、センターの教師の特別教育スキルは確かに改善され、療育の質が確保され、センターに対する信頼性が高まった。ＶＳＯからセンターに、二人の特別教育専門家、一人の言語治療専門家、二人の運動治療専門家が一年間派遣された。その他、短期のボランティア供給センターも特別教育の専門性を備える講師や学生をサオマイ療育センターに支援や学習の目的で派遣した。

二〇一〇年、サオマイ療育センターは、ベトナムの非政府組織である社会イニシアチブ推進センター（ＣＳＩＰ）[2]の社会的企業発展プログラムへの参加をはじめた。ＣＳＩＰは、センターを「省や市レベルの早期療育モデルを移転すること」を目的とした二つの重要プロジェクトの一つとして選定した。センター開設からの一五年間で、遠方の地域から多くの自閉症児もセンターにやって来た。遠方から来れば、家賃や生活費、交通費などさまざまな費用がかかることがわかった。貧しい家族は障害のある子どもをセンターになかなか通わせることができない。たとえ通わせることができても、ほんの短い期間だけである。このような理由から、各地に早期療育の技術移転を行うことを目的にしたのだ。技術移転により、各地方で専門相談員や教師育成を支援して、各地で施設を開設し、自閉症や知的障害のある子どもに学習や社会統合のチャンスを与えることができ、また子どもたちとその家族の生活水準の向上にも援助することが可能である。

センターの課題と展開

二〇一〇年から二〇一二年まで、センターに在籍する生徒数は急速に増加した。毎月平均二四〇人から二五〇人ぐらいになった。また、入学を待機する生徒も多くなった。最大で一八クラス、一八の言語治療室、二つのリハビリテーション室というような、規模の小さなサオマイセンターでは、急速に増加した生徒を全員受け入れることができなかった。当時、このような大きな需要に対して、小さな療育センターがたくさん開設されるようになった。だいたい三〇人から五〇人規模の施設が多かった。このことは特別教育分野での施設間競争を引き起こした。国の管理がないなかでの競争は、良くないことを生み、あるセンターは現実よりも誇大な広告を行うため、保護者は選択に迷い、困惑した。

二〇一五年末から二〇一六年にかけてセンターの生徒数は急速に減少した。二〇一六年の平均生徒数は一六六人／一か月だったが、一五〇人程度の月もあった。センター長として、センターに務めている九〇人あまりの教職員の雇用と権利を確保することについて非常に心配することになった。

社会目標に対して活躍する事業家、「ビジネスマン」として、センターの運営に常に戦略を持ち、新たなチャンスを得て、先進国の特別教育における治療方法や技術の変化をフォローアップしなければならない。現在、特別な教育方法や、アーリースタートデンバーモデル（ＥＳＤＭ[3]）というような自閉症児のための超早期療育を含め、慎重な研究や徹底した検証に基づいた発達障害児向けの療育モデルがさまざまに存在する。二〇一三年、フィッシング・ロッドというＮＧＯ[4]の援助を受けて、オーストラリアのラトローブ大学にあるオルガテニソン自閉症研究センター[5]でＥＳＤＭとエイドス・ツー（ＡＤＯＳ２[6]）早期診断の方法について研修に行った。帰った後、その方法をサオマイ療育センターで活かすことにした。当時、ベトナムにおいてＥＳＤＭを利用した施設がなかったため、サオマイセンターで効果的な超早期療育モデルの展開として先駆的な役割をぜひ果たしたいと思った。

二〇一五年から二〇一八年にかけて、スイスのドーラ財団[7]は私たちのプロジェクトを支援してくれた。サオマイ療育センターの最初の六人の教師はベストスタートクリニック[8]の経験のある専門家からカリフォルニア大学デービス校のマインド研究所[9]の教育プロセスにしたがってＥＳＤＭの研修を直接受けた。予算の制限で六人の教師のうち三人だけが正式にＭＩＮＤ研究所による研修修了書が発給された。この三年間にセンターでは、一〇人の個別指導者、集団クラスの五人の教師はＥＳＤＭを全て学習し、他の一〇人の早期療育クラスの教師と他の言語学療育教師も幼稚園、保育園の自閉症児への評価、記録、療育技術についての知識も共有された。二年半、ＥＳＤＭモデルを展開した後、現在、サオマイセンターには一〇の個別指導室、二つのＥＳＤＭクラスが整い、七〇人以上の子どもは、このプログラムを勉強して、そのうちの五〇人は進歩して通常学校に統合された。

早期療育サービスを発展させるほかに、年齢が高く学力の低い学生に対しては、生活スキルや職業訓練の教育にも力を入れている。毎年改善しているプログラムに伴い、実践の機会も増やし、生徒のスキルの上達を促進している。二〇〇八年、センターに喫茶店を開設して、生徒たちに来客とコミュニケーションスキル、自立スキル、コーヒー調理スキル、清掃スキルなどを実践させている。また、二〇一二年に、野菜栽培のための庭も設け、自然が好きな生徒には毎日ガーデニングを実践させている。さらに二〇一八年六月、ハノイ国際女性クラブの支援によって「ケーキ作り」プロジェクトが誕生した。このクラスを担当する二人の教師は、ケーキ作りのための研修コースに派遣され、二〇一八年八月から基本的なケーキ作りのためのスキルを学生に教えはじめた。

ラン医師（左から2人目）サオマイ療育センター内のカフェ

教師の専門スキルを高めることと平行して、センターのインフラの改築を進めている。その一番の目的は、良い教育条件をつくって保護者にも安心して子どもたちを任せてもらうことである。二〇一七年には大規模な改修工事を行った。①すべての窓枠をユーロウインドウ社[10]製のものに変える、②教室の床をすべてフローリングにする、③年齢・身長に合わせた高さの机にする、④遊び場や庭を改修する、⑤教材・教具を新規購入するなど。

二〇一七年から現在まで、生徒数は再び増加してきた。現在、毎日通所する生徒数は一九五人から二〇〇人で、時間単位の指導を受ける生徒数は二〇人から三〇人である。この数字は、生徒に有効なＥＳＤＭを導入したことが正しかったことを示している。二三年間、熱情をもって全力を尽くし、医療と教育を組み合わせた実践によってセンターの運営を安定させつつ発展させてきた。保護者から信頼される療育の場として、そして、多くの自閉症や知的障害のある子どもの生活水準を改善するための施設として発展していることを誇りに思っている。

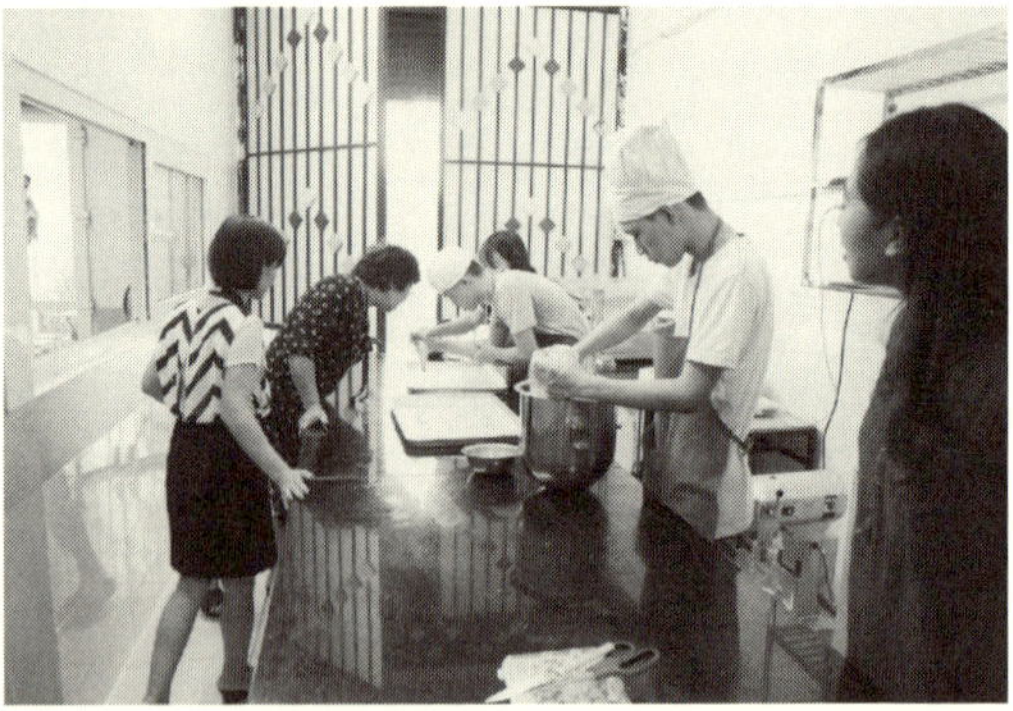

「ケーキ作り」プロジェクト

【訳註】

1)ボランタリー・サービス・オーバーシーズ(Voluntary Service Overseas, VSO)は、一九五八年、イギリスに本拠を置く国際的な非営利組織として設立され、貧困のない世界をめざしている(https://www.vsointernational.org/)。

2)社会イニシアチブ推進センター(Centre for Social Initiatives Promotion, CSIP)は、二〇〇八年、ベトナムの新たな社会起業家を支援する主導的な役割を果たすことを目的に設立された非営利組織である(http://socialventurechallenge.asia/portfolio/csip/)。

3)アーリースタートデンバーモデル(ＥＳＤＭ)は、応用行動分析に基づいて、乳幼児に対する早期介入のために開発されたもので、２歳から５歳の自閉症児のために開発されたデンバーモデルをもとに、３歳児までの乳幼児への早期介入を考える際にはＥＳＤＭが使用される(柳澤亜希子「自閉症のある幼児への包括的アプローチ」国立特別支援教育総合研究所研究紀要、42、２０１５年ほか参照)。

4)フィッシング・ロッド(Fishing Rod)はオーストラリアのＮＧＯである。

5)オルガテニソン自閉症研究センター(Olga Tennison Autism Research Centre, OTARC)は、オーストラリアのラトローブ(La Trobe University)大学内に、二〇〇八年に設立されたオーストラリア初の自閉症研究センターである(https://www.latrobe.edu.au/otarc)。

6)エイドス・ツー(Autism Diagnostic Observation Schedule Second Edition, ADOS2)は、自閉症スペクトラム観察検査(半構造化観察・面接)であり、主な対象は月齢12か月以上である(金子書房のホームページ、http://www.kanekoshobo.co.jp/book/b200309.html)。

7)ドーラ財団(Dora Foundation)は、スイスに本拠を置く特別なニーズのある子どもたちの支援組織である

(http://www.fondationdora.org/index.php/en/)。

8）ベストスタートクリニック（Best Start Clinic）は、オーストリアに本拠を置く自閉症児のためのＥＳＤＭを提供する組織である（https://www.beststartclinic.com.au/)。

9）マインド研究所（Medical Investigation of Neurodevelopmental Disorders, MIND）は、カリフォルニア大学デービス校にある神経発達障害児の資料と研究のための研究機関である。カリフォルニア大学デービス校（University of California, Davis）は、アメリカ・カリフォルニア州の州立大学で１９０５年に設立された（https://health.ucdavis.edu/mindinstitute/)。

10）ユーロウインドウ（Eurowindow）社は、二〇〇二年設立のベトナム建材分野の大手企業であり、欧州の建材技術に基づく窓枠を供給している（「ベトジョー　ベトナムニュース」二〇一六年二月一九日（https://www.viet-jo.com/news/nikkei/160218055939.html)）。

3

戦後の保健医療活動を支えて

グエン・バン・トゥオン医師

（ベトナム赤十字社元総裁、一九四三年生まれ）

ダン・ミン・グエット
Dang Minh Nguyet

私は、二〇〇三年から二〇〇七年まで、ベトナム赤十字社でグエン・バン・トゥオン（Nguyen Van Thuong）医師の部下として、幸運にも働いていた。その後、政府は彼の健康状態を考慮し、休息が与えられた。彼は、その期間を使って、研究を行ったり、自分自身の人生を振り返り、その貢献について自伝を完成させた。彼と一緒に仕事ができたのはたった四年であったが、彼のことは今でも私に深い印象を残している。出会った当初は、彼が元軍人であるため冷たそうに感じたが、実際は非常に情熱的な人であった。

私がナムディン省からハノイに転属した頃、知らない

トゥオン医師

ことがまだまだたくさんあった頃のある日、彼に呼ばれた。彼は、私の子どものためにケーキをくださった。そのケーキは彼が学生からもらったそうだが、その日の彼のことは忘れられない。ベトナム赤十字社の最高責任者として、彼は仕事に対しては非常に厳しく、常にその高い達成を要求した。しかし、彼は同時に、部下に割り当てられた業務がうまく完遂できるように詳細な説明を行い、具体的な目標を示した。また、彼の運転手が作ってくれた料理をみんなと一緒に楽しく食事した時、社内活動にみんなと一緒に積極的に参加した時の彼の姿は今も忘れられない。

貧しい村に生まれて

グエン・バン・トゥオン氏は、大学教授、科学博士、そして医師である。元中尉、ベトナム保健省元副大臣、ベトナム赤十字社の元総裁兼事務局長であった。

トゥオン医師は、一九四三年八月三日、フンイエン（Hung Yen）省ティエンル（Tien Lu）地区の貧しい村で生まれた。その後、ご両親と一緒にハイフォン市のゴクエン（Ngo Quyen）地区チャンクオックトゥアン（Tran Quoc Toan）通り73号の家に引っ越した。幼い頃から港湾都市であるハイフォンにずっと住んでいて、米軍が北部を爆撃、破壊したときに、戦争の残酷さを目撃したのだった。

トゥオン医師は、一九六三年、ハノイ医科大学に入学した。彼は、他の若者と同じように、戦争中の国の運命に対する若者としての責任をよく認識していたので、軍に参加するための志願書を書いた。そして、一九六八年、ハノイ医科大学を卒業後、軍医として動員された。大学を卒業したばかりの若い医師は、当時、第五五九部隊の手術チーム、治療チームのリーダーという最高の地位を担って、同僚と一緒に戦場にいる多くの兵士や幹部の治療に貢献した。

南北統一後、保健省の専門家として

一九七六年、南北の祖国統一後、ソビエト連邦の大学へ留学のために派遣され、一九七八年に博士論文を完成させた。帰国後、軍事医療局の軍事医科研究所（現在の軍事衛生疫学研究所）の研究員として勤め、ここで科学博士論文を完成させ、研究員から部門長、副所長、そして所長という役職を歴任した。

一九九一年から二〇〇七年まで、軍事医療局の副局長、そして局長、保健省副大臣、ベトナム赤十字社の副総裁兼事務局長、総裁兼事務局長として勤めていた時も、科学研究活動を継続して行い、人事管理と後進の育成に携わった。

トゥオン医師は、一九九四年四月から二〇〇二年一二月まで、軍事医療局さらに保健省副大臣として従事した過程において、彼は戦略的思考と迅速な状況把握能力を発揮し、ベトナムの保健状況を迅速に把握して、国防省および保健省に提案した。彼自身はさまざまな科学的かつ実践的な価値のあるプロジェクトや研究活動を主催し、直接実施して、軍の準備力および人民および兵士の健康の向上に貢献した。特に、軍事医学と市民医療とを結合するプログラムに関して、そのプログラムのリーダーとして直接指導した。地方および都市の防衛のための市民の医療力を構築し、地元の医療力、自然防災力、伝染病予防対策を構築し強化することに参加した。人びとの健康診断を実施し、訓練と科学研究、軍事医学の構築と戦時医療の奨励に取り組んだ。

彼は、保健省と軍事医療局の指導者と一緒に、同分野の専門性の発展および長期的な業務対応を目的として、戦略的課題を研究し、共産党と政府に提案できるように指導した。軍事医学と市民医療を効果的に行い、遠隔地や島しょ地域、国境地域での人々や兵士の健康管理とケアを実践的に結合するモデルを研究し完成させた。保健サービスの提供および社会的平等の確保、遠隔地および国境地域の生活水準の向上に貢献した。同時に共産党と国家に対する少数民族の統合を強化し、主権と国境での防衛維持に貢献した。これらのモデルは現在でも全国の多くの地域で適用されている。

彼は保健省の副大臣として勤めた間、予防医学を担当するように任命され、予防医学システムを指導し、それを絶えず強化・発展させた。共産党と国家から委任された業務を完成させ、以下のような主要成果を達成した。

①天然痘、ポリオなどの危険な伝染病の除去。
②1歳未満児の九〇％以上に対して、六種類のワクチンを接種。
③コレラ、ペスト、マラリアなどの伝染病を引き起こす感染症の制御と予防。
④エイズの発生と流行を防ぎ、学生および地域社会の健康維持と栄養管理。
⑤ワクチンの生産を成功させ、国内での予防接種の拡大、供給。なお、現在、ベトナムはB型肝炎ワクチン、日本脳炎ワクチン、およびペストの口腔液ワクチンの生産ができている。
⑥すべての経済管理部門と生産部門における労働者向けの健康管理、職業病予防の成功。
⑦環境ヘルスケア、学校ヘルスケアの強化と発展、学生の健康管理の成功。

SARS（重症急性呼吸器症候群）対策

二〇〇三年、SARS（重症急性呼吸器症候群）対策[1)]でのトゥオン医師の優れた業績を忘れてはならない。彼は、保健省の副大臣、予防医学の担当者として、SARS感染対策の初期段階で特別業務委員会の委員長を務め、その後SARS疫学防止国家指導委員会の常任副委員長を務めた。

ベトナム・フレンチ病院での最初の症例報告を受けた直後、疫学的特徴と感染性について、疫学の専門家として警告を発した。同時に迅速な監視と指導を行い、病院での隔離対象の設定、隔離措置に関する科学的な決定を下した。熱帯病・臨床医学病院に対して、ベトナム・フレンチ病院の支援のために専門家を派遣するように指導すると同時に、バクマイ病院に隔離施設を準備して新たな患者を受け入れ、治療できるように指導した。地域への感染拡大を防ぐために、ベトナム・フレンチ病院を閉鎖し、患者を一時的に受け入れないように要請した。また、省や地区レベルの各予防医学センターに対し、患者が接触した場所、病院の専門職員が感染した場所での疫学的モニタリングを実施するよう指導し、関係者に自己隔離、疾病の発見、地元の医療職員との緊密な連携を指導した。この指導は極めて正しい決断であり、SARS予防を成功させるための前提条件となった。

トゥオン医師は、SARS伝播初期の頃、リスクを恐れずに病院現場に行き監視することで、必要な予防策を直ちに実行するように指導した。病院用ベッドと隔離区域を科学的かつ実践的に配置し、医療従事者が政府と保健省の予防と検疫に関する指示を厳格に順守するように奨励した。市民に対し、SARSに関する情報の宣伝と個人保護対策との連携および指導を行い、市民の信頼を得て社会の安全を確保することでSARSの監視に貢献した。

彼は、保健省のSARS予防特別業務委員会の委員長の立場で、政府と統一され厳選された情報を啓発し十分な情報を提供すること、地域社会での感染の発見や予防装置を連携して啓発することで、市民にパニックを引き起こさないように努力した。当時の首相がSARS疫学防止国家指導委員会の設立を決定した際、彼は啓発と物流を担当する常任副委員長として、健康教育啓発機関の疫学専門家と協力して、新聞やラジオ放送、テレビ、チラシなどのマスメディアを広く利用して実施するように指導した。国際協力部に対しては、専門機関や他部門と協力して、国内外の国際機関（WHO、JICA、CDC）や世界的な科学者からの専門的支援、貴重な経験や機材などを求めた。ベトナムでのSARS感染対策の最も緊急な時期に、これらの専門機関や専門家に支援を受け、早期に病因を特定し、医療従業員に予防用具を提供するように指導した。それによって伝染病を制御し、人や財産の被害を最小限にすることに貢献した。

またトゥオン医師は、政府に対して追加予算を求め、伝染病の予防・制御を長期的に維持し、SARS予防活動で達成した成果を持続可能性が伴うように維持し、国境での検疫や予防医療活動への医療機器の強化を図るように指導した。このような強力で具体的かつ高い責任感をもった彼の判断と措置は、ベトナムにおけるSARSの制御と除去の成功に貢献した基本的な要因であったといえよう。

ベトナム赤十字社の総裁として

二〇〇三年七月、トゥオン医師は ベトナム赤十字社の総裁兼事務局長、ベトナム赤十字社の共産党委員会と共産主義青年団の書記長に任命された。ベトナム赤十字社の最高責任者の立場で、彼は党委員会と青年団、常任委員会とともに、それらの運営方法や規則を構築し、改革した。活動の質と効率を徹底的に高め、活動内容や方法を全面的に改革することで、共産党、国家、人民の人道活動における赤十字社の中心的役割を明確化した。ベトナム赤十字社は、国際赤十字社や赤新月社の活動における新たな地位を築いたことで、人道活動の効果をますます認識することとなった。以下にそれらの典型的な事例を紹介する。

トゥオン医師は、二〇〇四年五月八日、戦略的ビジョンをもって、ベトナム赤十字社の総裁兼事務局長として、同社に対して、貧困な状況に置かれた障害者と枯葉剤被害者のための行動計画を開始するように指導した。この指導が開始された後、貧困障害者と枯葉剤被害者のために三八〇億ドンが調達された。二〇〇四年の終わりに、ベトナム赤十字社は、貧困者、戦争被害者向け、特に北西部、タイグエン（Tay Nguyen）省、南

スイス赤十字社との協力合意書を締結（2003年）

ベトナム・ラオス・カンボジアの赤十字社間の協力合意書を締結（トゥオン医師〈前列中央〉）

西部、ゲアン（Nghe An）省西部の貧しい少数民族のために、テト（旧正月）運動を開始し、五一〇億ドンを調達し、貧しい人や被害者の痛みを軽減し、楽しいテトを過ごすことができるように貢献した。政府から南アジアの地震と津波の被害者を支援するための業務を指示し、一か月以内に四〇〇億ドン以上の寄付金を集め、政府および世界中の友人たちから高い評価を受けた。

　人道活動の中核的役割を果たすために、トゥオン医師はベトナム赤十字社の発展戦略を構築し指導した。それはベトナム赤十字社の持続可能な発展にとって正しいステップであり、戦略的ビジョンであった。

トゥオン医師は、共産党と国家から委ねられた指導者としての責任を常に意識しており、どのような困難や状況に置かれても、自ら全力を尽くして最高の解決方法を検討した。彼

クアンビン（Quang Binh）省の枯葉剤被害者を訪問、支援（2006年）

は、個人の利益を一切考えず、かつての戦争でさまざまな犠牲を払ったように割り当てられた任務を達成させる姿勢を常に見せてきた。トゥオン医師は、今日までの業務に従事するなかで、常に軍と保健省、ベトナム赤十字社における人材育成に取り組み、それらを自らの使命と責任、生き方だと考えている。また、彼は軍事医科大学、医科大学、地域医療大学などの研究員や大学院修士課程院生を指導した経験を持つ。

トゥオン医師は長年にわたる活躍において、どのような役職でもそのお手本となって、献身的で責任感のある共産党員としての道徳性を見せている。深い専門知識と創造性の組み合わせで、彼は国内外の科学分野において科学的価値のある成果を達成し、それらは高く評価されている。従事過程において、以下のような高貴な表彰、称号が授与された。

①兵士勲章：グレード3、2、1
②抗米救国勲章：グレード3
③決戦軍事勲章

ハノイ市の枯葉剤被害者を訪問、支援（トゥオン医師〈後列右から二人目〉、2005年5月8日、世界赤十字デー）

④栄光兵士勲章：グレード1、2、3
⑤「市民の医師」称号
⑥改革時期の労働英雄
⑦ホーチミン表彰（二〇一五年）
⑧ダン・バン・グ（Dang Van Ngu）賞（二〇一六年）
⑨ベトナム共産党五五年永年表彰バッジ（二〇一八年）

私たちは、次世代を生きる者として、トゥオン医師のことをいつも学習や行動の見本としている。近年、彼の健康があまりよくないが、毎回訪問するたびに専門的な業務について、特に社会での大変困難な状況に置かれている人々に対する支援活動について、さまざまな角度から指導されている。私自身は彼と一緒に仕事をした期間が本当に有意義な時間であったと考えている。

【訳註】

1）二〇〇三年のＳＡＲＳ（重症急性呼吸器症候群）の流行とベトナムでの対策については、以下を参照されたい。ＪＩＣＡ「２００３年２月　ベトナム・中国におけるＳＡＲＳ」（https://www.jica.go.jp/jdr/

activities/case_jdr/2003_01.html)、小原博「ベトナム・中国におけるＳＡＲＳの流行と対策」『医療』Vol.58, No.3（143-148）、２００４年3月。

【追記】

ニャンチン障害児学校で、執筆者であるグエット校長らと編集打ち合わせ会議（二〇一九年三月六日）を行った際、トゥオン医師の長男トゥオクさんが駆けつけてくれた。彼は父親について、「父は医師として素晴らしい成果をいつも達成してきましたが、同時に家族を大切にしてくれました。私たち、子ども三人には勉強をさせてくれて、それぞれが自分の道を、人生を切り開いていけるように支えてくれました。二〇一六年に脳梗塞を患い、現在自宅療養中ですが、自立した生活をしたい思いを強く持っていて、リハビリテーションに努めています」と語った。

（黒田　学）

執筆者のグエット校長（右から二人目）、トゥオン医師の長男トゥオクさん（右端）左から、通訳のハンさん、黒田、チュン医師、ラン医師（ニャンチン障害児学校、2019年3月6日）

4

枯れ葉剤被害者の治療と研究、支援に邁進

グエン・チ・ゴック・フォン医師

（ホーチミン市ツーズー病院元院長、一九四四年生まれ）

ブ・チ・ハ
Vu Thi Ha

グエン・チ・ゴック・フォン医師は、次の表のように、ホーチミン市にあるツーズー病院の元院長、ホーチミン市医科薬科大学産科主任、さらに国会議員を務めるなど、ベトナムの医学界で活躍されてきた。また、枯れ葉剤被害者の治療と研究、ベトナム中央枯葉剤被害者協会での支援活動に邁進され、「ベトちゃんドクちゃん」の主治医として日本でも広く知られている。

貧しい子ども時代――自分の命を救ってくれた医師と医師への夢

フォン医師は、一九四四年三月一〇日、ザーディン（Gia Dinh）省アントゥイ（An Thuy）県タンニョンフウ（Tang Nhon Phu）村、現在のホーチミン市第9区に生まれた。

フォン医師が、一九五二年、八歳の時に持続性の腸チフスを患った。さまざまな薬を飲んだ

が、なかなか治らなかった。父は、大変困って、田んぼに行って藁を燃やしてその灰を彼女にときどき飲ませた。一か月以上経っても、なかなか治らないため、以前に息子さんを亡くした恐ろしさを感じ、両親は彼女をフランス人医師のもとに連れて行き診断してもらった。

彼女の記憶では、その医師は高齢で、彼女の身体に聴診器を置

表　フォン医師の主な職歴

期間	仕事の内容、役職、所属組織名、場所
1975年5月1日から1979年まで	ホーチミン市医科薬科大学　産科婦人科講師
1979年から1982年	ホーチミン市医科薬科大学　教務 産婦人科病院　産科部長 ベトナム産科会　会長 ホーチミン市医師会　会長 ホーチミン市女性会　副会長
1982年から1987年	ホーチミン市医科薬科大学　産科副科長 ホーチミン市ツーズー病院　副院長 ベトナム社会主義共和国　国会議員（第7期）
1987年から1990年	ホーチミン市ツーズー病院　副院長 ホーチミン市医科薬科大学　産科副科長
1987年から1992年	ベトナム社会主義共和国　国会副議長（第8期）、同外務委員会副委員長
1990年から1991年	ホーチミン市心臓研究所　所長
1990年から2005年	ホーチミン市ツーズー病院　院長
1999年から2005年	ホーチミン市医科薬科大学　産科長
2000年から2014年	ベトナム祖国戦線　副会長
1998年から現在まで	ベトナム産科会　副会長
1999年から現在まで	ホーチミン市祖国戦線　副会長
2005年から2016年	ホーチミン市貧困患者協会　副会長
2002年から現在まで	ホーチミン市ベトナム・アメリカ協会　副会長
2004年から現在まで	ベトナム中央枯葉剤被害者協会　副会長
2005年から現在まで	ホーチミン市枯葉剤被害者協会　副会長 ホーチミン市生殖内分泌学および不妊協会　会長

き、軽くたたいたり触ったりしてから薬を処方した。服薬の後、奇跡のようにすぐに治った。それ以来、彼女は「一か月以上治らなかったが、医師がいるだけですぐに治った」という非常に稚拙な考えから医師になる夢を抱きはじめた。当時の医学学校はフランス語だけで教えたので、その夢を実現するために独学でフランス語を学んだ。歯科医師になるためには歯を治療する機械が必要であり、薬剤師になるためには薬剤を買うためのお金が必要である。しかし、医師になるためには聴診器だけが必要であると考えた。それで一生懸命に勉強したのである。

しかし、家計が非常に貧しいため、その夢はいったん取り残された。当時、師範大学への受験が医科大学よりある程度容易であり優遇も多いため、両親は彼女に師範大学を受験するように、手紙で何度か助言したことがある。彼女は、いったん、両親を喜ばせるために師範大学への受験を申請することにした。しかし、高校を卒業した後、医科準備コースを受験し、当時のサイゴン医科大学を受験した南部の学生のなかで第6位の高得点を得た。

家族の経済状況は非常に大変だったため、両親はコンポンチャム（カンボジア）に行ってゴム農園の労働者として働くことになった。その後、仕事がなくなり家に戻ったが、仕事も見つからなかった。それで、彼女は学校を辞めて家族を手伝おうと思った。しかし、父が「私が生きている間に、あなたは学校を続けてほしい」という励ましのおかげで、それに医師になって人びとを救いたいという強い夢をもって、彼女は勉強を続けた。自分の夢を実現し、家族を助けるために、昼間はお米や石炭の配達、家庭教師などに頑張り、お金を稼いだ。勉強時間は夜だけだった。

サイゴン医科大学で七年間、仕事をしながら勉強し続けた結果、一九七〇年、彼女は「ベトナム語で医学を教える」というテーマで医学論文を完成させた。ほかの多くの人と異なって、卒業後クリニックを開設してお金を稼ぐのではなく、産科医になる夢を実現したかった。それで、ザーディン（Gia Dinh）病院、フンブン（Hung Vuong）産科病院、ツーズー（Tu Du）病院で4年間実習をしながら勉強した。

彼女はその頃を振り返り次のように述べている。

当時、産科医になりたい理由は、ただ人をすぐに救えるからだった。ある妊娠中の女性はお腹が痛くて出産する兆候があると判断すれば、助産してすぐに赤ちゃんが生まれた。そのほかに、妊娠中に胎児の状態が悪くなっている時には、３分以内に手術をすれば赤ちゃんを救うことができた。そのようなことは非常に面白くて神聖なことだと思った。

「体外受精」プロジェクト――一三年間の苦労の結果、ベトナムを世界の「体外受精」マップに載せ、ベトナムにおける社会的偏見を除去

フォン医師は、産科医として不妊家族によく接触し、子どもがいない痛みに共感した。多くの妻は夫の家族から厳しい心理的圧力を受けている。「毒のある木には実が出ない。毒のある女性には子どもが産まれない」などのように言われた妻は多い。それで、彼女はどのように不妊の女性が子どもを産むことを支援できるのか常に考えていた。

一九八四年、タイに行くことになり、開設予定の体外受精施設を訪れた。この技術をベトナムで展開すれば多くの家族に幸せをもたらすことができると思った。体外受精を支援するセンターの設立という願望を抱いた。それでベトナムでの体外受精技術を実現するために計画を練った。まず最初にツーズー病院で、内視鏡検査や新生児専門科の設立、超音波機材、検査機器の購入、精子バンクの構築などにより体外受精技術を支援する基礎専門科設立のための強固な基礎を築いた。

当時、資金がなかったので、不妊治療の要件を満たし、検査プロセスを改善するために超音波機器や設備を購入するために、借金をしたり、分割払いを行った。

と彼女は述べた。

一九九四年、彼女はフランスの大学教授評議会（四レベル）の選挙によって、フランスでの教授（資格獲得）のために派遣された。そして、当時のミッテラン（Francois Mitterand）大統領によりニース・ソフィア・アンティポリス（Nice Sophia Antipolis）大学の教授に任命された。教授としての給料は毎月一万六千フランであった。彼女は自分の給料を節約して医療機器を購入し、ベトナムに徐々に送った。まずは、膣の超音波診断装置、子宮内視鏡検査機、精子保存装置を送った。そのような機材や設備がツーズー病院に次々に送られた。

体外受精技術を完璧なものにするために、帰国後、彼女はツーズー病院のホー・マイン・トゥオン（Ho Manh Tuong）医師、ブン・チ・ゴック・ラン（Vuong Thi Ngoc Lan）医師、ルオン・ゴック・アン（Luong Ngoc An）医師という、それぞれ専門技能、外国語技能に長けた積極的な医師をフランス、シンガポール、オーストラリアに派遣して体外受精技術を研究させた。

このように、彼女は一三年間にわたって医療機器、インフラ設備、人員を慎重に準備していった。

一生懸命に働いた最初の成果

一九九七年八月一九日、いろいろな困難を乗り越えたツーズー病院とフォン医師は、元保健省大臣のド・グエン・フォン（Do Nguyen Phuong）教授から体外受精の許可をようやく得た。同日、病院内で協議した後、最初の五つの体外受精胚が五人の女性の子宮に移植された。次に、他の三二人の女性が申請し、体外受精胚が女性たちの子宮に移植された。その後、フォン医師とチームの全員は不安と緊張を伴いながらその時を待った。

胚移植の二週間後、妊婦それぞれに電話をして状況を尋ねた。まだ妊娠していないという答えを聞くたびに、私たちは非常に心配し緊張した。なぜなら、初回の試みで失敗した場合、この技術を展開できる機会が失われるからだ

と彼女は振り返った。

当時、そのストレスとプレッシャーを受けて、一週間で彼女の髪は真っ白になってしまった。しかし、幸いなことに、最初の三七人の女性への胚移植で一二が妊娠した。当時のツーズー病院では、体外受精を実施したフォン医師とチーム全員にとって予想外に成功した結果であった。

不安、緊張から喜びに至る思い

フォン医師にとって、体外受精によって生まれた三人の赤ちゃんを目撃するのは初めてのことであった。一九九八年四月二九日深夜、最初の三人の女性のうちの一人が胎児心不全の徴候を継続的に示した。その夜、フォン医師は心配で眠れなかった。四月三〇日の午前2時、非常に緊急な状況で、胎児が母親の子宮内で亡くなる可能性があると判断し、彼女は帝王切開を余儀なくされた。体外受精法で生まれた赤ちゃんは後に、マイ・クオック・バオ（Mai Quoc Bao）と名付けられた。四月三〇日の朝から正午までに、他の二人の妊婦も分娩の兆候を示し、幸いにも二人の赤ちゃんは正常に生まれ、出生時体重はそれぞれ三五〇〇グラムと三七〇〇グラムであった。

フォン医師は次のように述べた。

緊張、不安、ドキドキするなか、三人の赤ちゃんが安全に生

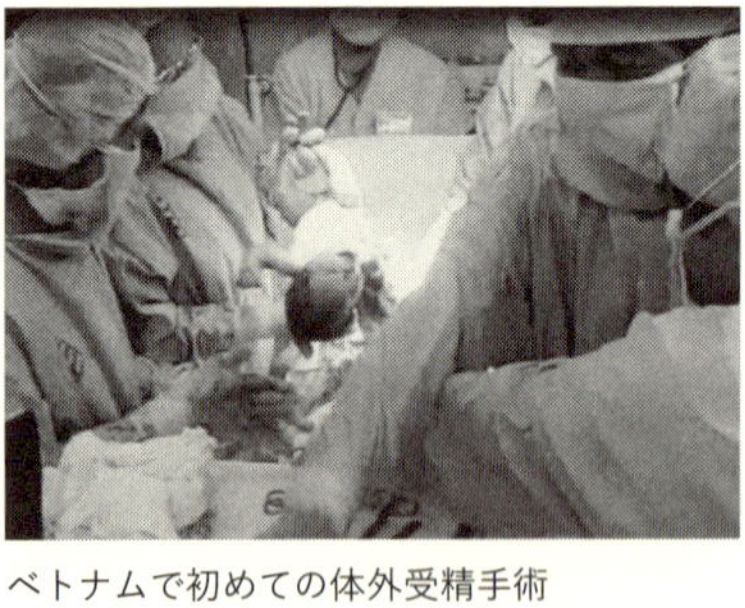

ベトナムで初めての体外受精手術

フランスの専門家がベトナムで初めての体外受精チームを指導

まれ、三人の妊婦が元気であることを確認し、その幸せな時を感じるまで、さまざまな感情をもって経験した長い一日であった。今日まで、体外受精技術から生まれたベトナム人の子どもたちは何万人もいるが、当時の四月三〇日のあの日の気持ちは言葉では語り尽くせないものだ。

また、一九九八年四月三〇日はベトナムの病院の歴史に新しい一ページを開き、世界の体外受精地図上にベトナムを記すことになった。今日、体外受精の技術のおかげで、毎年一万五千人以上のカップルに幸せをもたらしている。

枯葉剤の痛みと戦う

フォン医師は、産科医として、一九七〇年代以来、ベトナム人新生児の原因不明の奇形児症例を多く目撃した。小さな子どもに対する慈悲をもちながら、多くの医学書を読んでこの奇妙な現象の原因を調査した。その間、一九七四年、偶然にも本テーマに

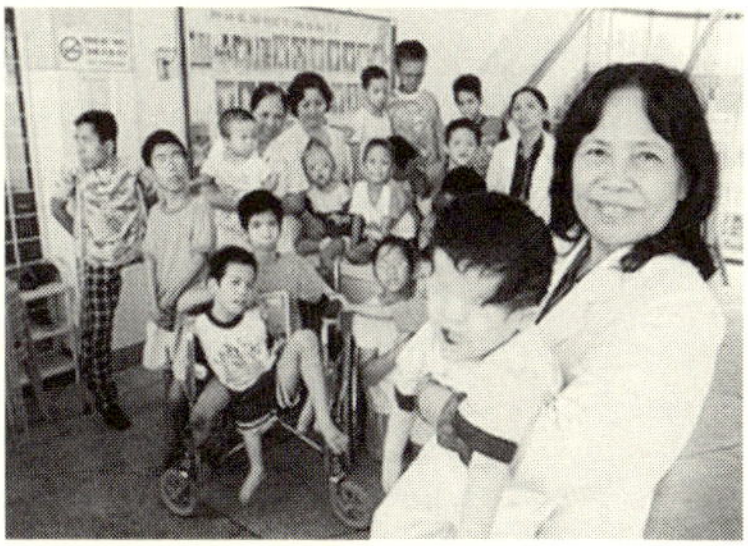

フォン医師とツーズー病院平和村の子どもたち

ベトナム人枯葉剤・ダイオキシン被害者のために米国下院公聴会に出席（フォン医師、左端）

関して米国科学アカデミーが公表した科学報告書を見つけた。それを読んだ後、ベトナムの催奇性児の症例が米軍によってベトナム戦争で使用された有毒化学物質に関連していると疑い始めた。

2010年7月、枯葉剤被害者協会はフォン医師とチャン・チ・ホアン（Tran Thi Hoan）を米国下院公聴会に出席させた。そこで、フォン医師は米国下院に対して、ダナン空港、ビエンホア空港、フーカット空港の環境浄化に資金を注ぐだけではなく、被害者に迅速に賠償するよう要請した。

この疑いを確認するために、一九八二年、ベンチェ省タインフウ（Thanh Phu）地区タインホン（Thanh Phong）村で一〇〇〇世帯以上の家族調査を実施した。その結果は、枯葉剤を散布した地域に住んでいる人びとは、出産した時、その子どもの奇形率が他の地区より三から四倍高いことがわかった。一九八三年に、この調査報告をイギリスの科学雑誌に発表した。それ以来、枯葉剤・ダイオキシンがベトナム人に与える影響に関する研究をずっと続けてきた。

その後、フォン医師は、国会議員として外務委員会副委員長を務め、ベトナムおよびホーチミン市の枯葉剤被害者協会の副会長に就任した時、ベトナムの枯葉剤・ダイオキシン被害者の声を世界に広げるために絶えず取り組み、彼らの公平と正義のために戦ってきた。

二〇〇八年五月一五日、米国下院で「責任は忘れられている。枯葉剤被害者に何をすべきか」という公聴会が開かれた。彼女は、この米国下院の公聴会に出席して、この問題を発表した初めてのベトナム人科学者であった。後に、米国下院でさらに二つの公聴会にも出席した。三回目の公聴会では、アメリカ政府の代表は、枯葉剤による環境改善と影響克服についてベトナムと協力しても構わないと語った。短期的には、枯葉剤に関するアメリカとベトナムとの対話グループによって、二〇一〇年から二〇一九年のアクションプランが三億米ドル（年間三千万米ドル）を援助し、ベトナムの汚染土壌回復、被害環境の回復、被害者支援サービスの拡大を行うことになった。

その他にもフォン医師は、どのような国に行っても、枯葉剤被害者のためにその国や組織からの支援を願った。彼女は自らも、全国一三か所の平和村を建設するために募金を呼びかけた。それらの平和村は枯葉剤被害を受けた子どもたちを介護する支援施設である。

ベトちゃんドクちゃん——結合双生児分離手術の物語

一九八二年一一月頃、保健省副大臣のホアン・ディン・カウ（Hoang Dinh Cau）教授がハノイからツーズー病院に電話してきた。それは、ベトナム北部の冬の気候が厳しかったため、ベトちゃんドクちゃん（Viet and Duc）を介護するように要請するものであった。この二人の子どもは生まれてからまだ数か月だった。なぜ、ツーズー病院が指名されたのか。当時、同病院には、トン・タット・ツン（Ton That Tung）教授時代に設立された米国による化学戦争の影響を研究する「10／80委員会」のメンバーが勤めていたからだった。

一九八三年一月、「除草剤と枯葉剤がベトナムの環境と人間の健康に及ぼす長期的影響」というテーマの会議がホーチミン市で開催され、二二か国からの代表者が出席し、科学者と新聞記者も出席した。会議の後、出席者はツーズー病院を訪問し、ベトちゃんドクちゃんに会った。それ以来、日本の新聞やテレビ局の記者は、ホーチミン市を訪問するたびに、二人に会いに来た。

一九八六年八月頃、突然ベトちゃんが病気になり、発熱して昏睡状態に陥ったが、ドクちゃんはまだ元気で、軽度の熱があるだけで食事や睡眠に軽い影響があると診断された。ツーズー病院は、保健省に報告し、ベトちゃんの疾患に関連する分野、すべての医師や教授の相談を求めた。しかし、二人の症状はなかなか回復しなかった。

一九八六年九月、ベトナムは国際記者団の立ち合いのもとでカンボジアからすべての軍隊を撤退させた。その後、いつものように、その記者たちはベトちゃんドクちゃんを訪問し、先の症状を知った。

マイ・チ・トオ（Mai Chi Tho）氏の許可を得て、日本人記者はホアセンテレビに接続し、日本の視聴者に知らせることを申請した。米国の有毒化学物質が日本の援助を受け、日本にある米軍基地から持ち出されてベトナムに散布されたため、先の二人の子どもたちが被害を受けたというニュースが日本の世論を驚かせた。

それで、日本赤十字社は日本人の小児科専門の教授と医師、およびベトナム人の教授と医師をツーズー病院に派遣し、ベトちゃんドクちゃんの健康診断を行い、健康状態を特定するように依頼した。しかし、まだ病気の原因を特定できなかったので、日本人医師たちは二人を日本に連れて帰り検査を行い、原因を特定し、治療することになった。

ズン・クアン・チュン（Duong Quang Trung）医師は、ホーチミン市共産党委員会、人民委員会の承認を申請し、ホーチミン市人民委員会は政治部と書記委員会の承認を求め、承認された。日本から準備された特別な航空機は、ベトちゃんドクちゃんを日本に連れて行った。見知らぬ航空機がベトナム上空を飛行する際の事故を避けるために、ホーチミン市から中央政府まで

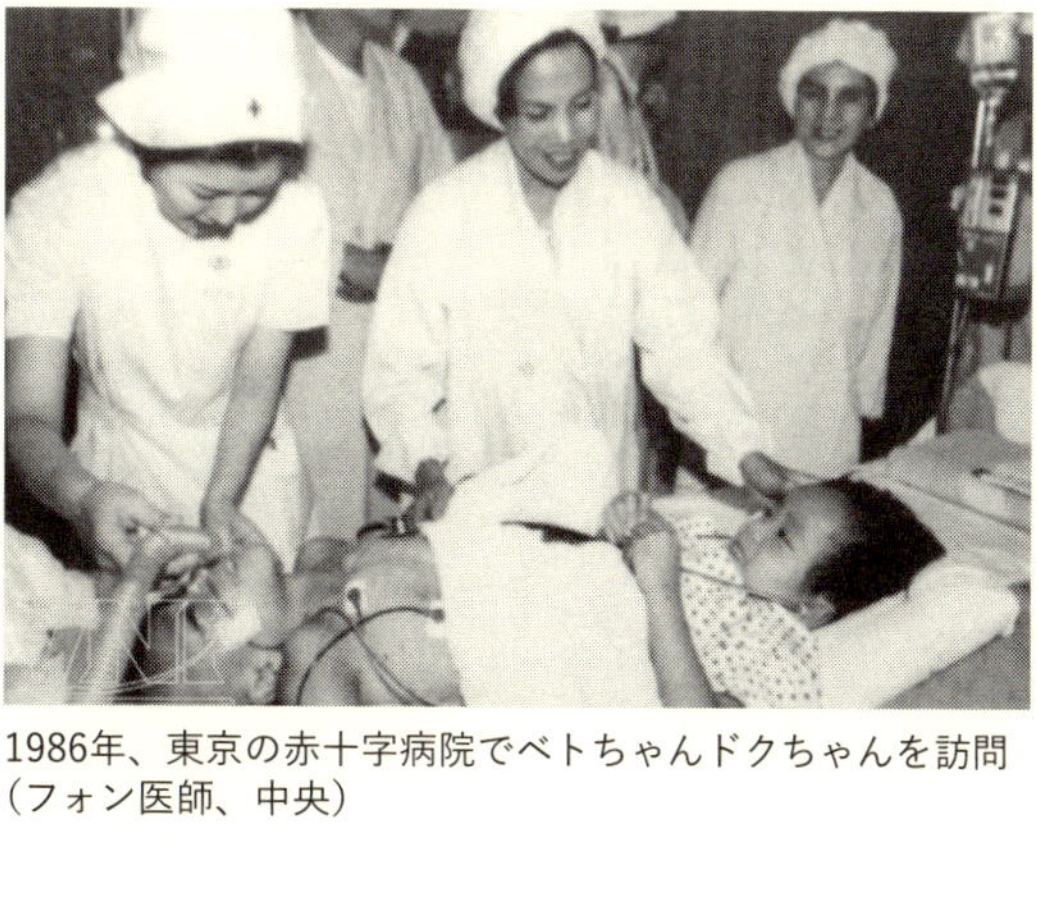

1986年、東京の赤十字病院でベトちゃんドクちゃんを訪問（フォン医師、中央）

の準備は非常に困難であったが、非常に注意深く行われた。

ベトちゃんドクちゃんは、広尾（東京）の日本赤十字病院で三か月間の治療を受けた。教授と医師たちは、午前二時に航空機が日本に到着した時から迅速に相談し合った。そして、救急車は二人の子どもをすぐに病院に運んだ。最先端の検査を行い、脳から身体の他の臓器に、超音波検査を行い病気の原因を探した。しかし、それでもなお病気の原因を見つけることができなかった。それは自己免疫疾患であるのか。ベトちゃんの熱は下がったが、意識を失い、植物状態の生命を過ごすことになった。

チュン医師が東京での会議に出席した機会に、私たちは日本でこの二人の分離手術を行うことについて、彼の意見を求め、彼はそれに同意した。理由はベトナムに帰国して、ベトちゃんの健康状態が悪化すると、ドクちゃんの健康にも影響することを恐れたからだ。しかし、日本の教授や医師たちは非常に慎重に話し合い、すぐに手術をしないで帰国してから約二年後に手術したほうがよいと勧めた。その時、日本側はベトナムでの手術のために必要な医療機器や医薬品を支援してくれることになった。

その二年間、ベトちゃんは一日中意識がなかったため、ドクちゃんはもはや正常に飲食や睡眠、遊びなどができなくなっていた。それで、ドクちゃん自身が分離手術を受けたいと要望した。そうしないと、「早く死んでしまう恐れがある」と語ったのだった。一九八八年の中ごろ、ツーズー病院の役員会は保健局に報告し、二人の分離手術の許可を申請した。チュン医師はさまざまな点から検討した上で、ホーチミン市人民委員会に相談して分離手術を決定した。

ただし、どこで分離手術を行うのかが、一番の課題であった。手術チームと保健局は「ツーズー病院で手術を行う」ことを決定した。なぜかというと、当時、二人の移送準備が非常に難しく、二人が元々ツーズー病院で治療・介護を受けている子どもたちであるため、手術後の治療・介護もより行いやすいからだ。

二年前の約束を実現するために再び日本に派遣

日本赤十字社は非常に協力的で、当時、日本赤十字社の外交委員会の会長を務めた近衛忠輝氏は、しっかりと応援してくれた。日本の世論もまた、日本赤十字社に対して、ベトナムでこの二人の分離手術が安全に行えるように、医療機器を援助するように願った。なぜなら、一九八八年の時点でベトナムはまだ非常に手術が困難な状態であることを誰もが知っていたからだ。

日本赤十字社からの援助は期待を超えるものだった！

二台の最新鋭の小児麻酔器、血液透析機、ペースメーカー、点滴各種、抗生物質、利尿薬、心血管薬、麻酔薬などである。当時、フェンタミルも新しい医薬品で、副作用があることもあり、なかなか入手できなかったが、支援された。広尾（東京）の日本赤十字病院の麻酔科長であった荒木医師は専門指導のためにベトナムに派遣された。

手術を直接監督するのは、チュン医師とゴ・ザー・ヒイ（Ngo Gia Hy）教授であった。チュン医師は手術、蘇生術、術後に起こりうる悪い状況に対応するために、チョーライ（Cho Ray）病院の医師を含む七二人の医学専門家を動員した。チュン医師の包括的な考え方は成功へとつながった。分離手術計画は、一か月をかけて徹底的に議論された。

最初の段階で大変な状況下においても支援チームは手術のすべての要件を適時に対応できるように、何百人もの医師、看護師およびツーズー病院は、三か月もの間、苦労し続けたことは本当に素晴らしい成果として現れた。

分離手術当日の午前六時、ベトちゃんドクちゃんは病院全員の不安と緊張のなかで、手術室に移動された。手術は一五時間以上続き、ホーチミン市のテレビで生中継された。結果は大成功であった。日本人の医師とツーズー病院の医師やスタッフは、手術中ずっとフォローし、深夜0時ごろ、最後の縫合が終わったとき、みんなはうれしくて泣いてしまった。

ベトちゃんドクちゃんの命を救うことに成功したのは、ベトナムと日本の保健医療分野、両国の友好関係に共通する功績であった。何千、何万もの折り鶴が日本の子どもたちによって折られ、ベトちゃんドクちゃんに送られた。

ホーチミン市の市民、全国の人々は感動した。ホーチミン市や各地方から、最貧層の人々から裕福な家族まで、手術チームとツーズー病院に愛を込めて、オレンジや卵、マンゴー、米、お金などを寄付した。ツーズー病院は直ちに「寄付受け入れ委員会」を設置し、寄付された物をもれなく記録したのだった。この分離手術は、ギネスブックに世界の医学史の一つとして、手術の長時間記録として記録された。世界はベトナム人医師の手術とケアの両面で、彼らの才能を認めた。

しかし、二人の子どもの育成、介護、教育は、ツーズー病院の医師や看護師、特に平和村にとって大きな難題であった。

両国に共通する成果を失ってはいけない。それで、私たちは二人の子どもの介護に最善を尽くした。ベトちゃんは手術後二〇年近く、植物状態の生活を送った。寝たきりのせいで、肥満とさまざまな合併症を引き起こした。主な介護手段は平和村のスタッフの愛情であった。二〇〇八年、分離手術後約二〇年で彼は亡くなった。

ドクちゃんは、手術日に六歳だったが、現在三八歳（二〇一九年）になっている。結婚して「富士と桜（Fuji and Sakura）」という二人の可愛い子どもたちがいる。ドクさんにとって、これまでの三〇年間は非常に大変な旅であった。介護・教育チームおよび日本の友人たちにとっても、非常に大変な旅であった。

一九八五年、藤本文朗教授（当時、滋賀大学教授）により設立された「ベトちゃんドクちゃんの発達を願う会」（以下、願う会）は、二人を、特にドクさんには精神面と物質面の両面から支援してくれた。ずっとドクさんの学習についても励ましてくれた。ドクさん自身も、勉強や訓練に大きな努力を払った。今はもう大人になって、奥さんと子どもたちに責任感をもって社会活動にも積極的に参加し、同じ状況におかれた人たちを支援している。ネットワークが広くて、日本語も流暢に話せている。きっと今までの旅についていろいろと考えてきたはずだ！そして、自分が同じ状況の人たちよりまだ幸運だと感じている。最近、尿路合併症を発症したが治療された。

今日のドクさんの安定的で幸せな生活は、ホーチミン市共産党委員会と人民委員会の指導者、医学アカデミーのチュン医師による分離手術の偉大さと人道主義を背景にしている。

三〇年前にホーチミン市ツーズー病院でドクさんの自立した生活、そして、明るい未来をもたらすために分離手術が決定された。私たちはあらゆる困難、偏見を乗り越えて必要な人材を動員して、科学と人生において奇跡を起こした。この奇跡は団結と組織、専門性、日越の国際協力の証拠として世界中に広がっていった。

ベトちゃんドクちゃんの分離手術後、ホーチミン市では結合双生児の分離手術の成功、つまりベトちゃんドクちゃんの分離手術の成功が大きく影響しすぎているために、次の成功事例はあまり言及されていない。

現在のところ、ドクさんの他に、ベトナムには三〇〇万人以上の枯葉剤被害者が生活をし、支援を求めている。ホーチミン市だけでも二万二千人以上の枯葉剤被害者がいて、非常に困難な状況に置かれている。三〇歳以上だが、寝たきりの状態にある人が多い。いつも介護者を必要とする状態なのである。

村落での助産師の育成

遠隔地の村落では、女性と子どもの健康診断を行うことは、村落が医療センターから遠く離れているため難しく、母子の死亡が多い。そのためフォン医師は、村落に向けた助産師の育成が大切だと考えた。

これらの助産師は地元の女性の診察、介護と出産時の助産の役割を果たす。ホーチミン市に戻った後、少数民族の助産師育成のための資金の寄付を呼びかけた。それによって、一九九六年から一九九七年という二年間で、タイグエン(Tay Nguyen)省、

ベトナム英雄の母を訪問し、贈り物を贈呈

村落の助産師に贈り物を贈呈し、激励

ビンフック（Binh Phuoc）省、およびハザン（Ha Giang）省というベトナム北部の山岳地帯で、約千人の村落助産師を育成することができた。現在までのところ、彼らは自分の村落で生活する人々の健康管理、特に妊婦の健康診断、破傷風の予防接種、遠隔地村落の妊婦の助産などを行い、非常に効果的に活躍している。そのおかげで、母子の死亡が大幅に減少した。

フォン医師の取り組んだこのプログラムに引き続いて、複数の組織もこの育成を継続しており、今日までこのような活動を支援している。

ビンフック（Binh Phuoc）省ブダン（Bu Dang）での無償健康診断

さらに、フォン医師は、チームメンバーと一緒に女性の健康、妊産婦や新生児の健康に役立つような価値のある多くの科学的な研究を行ってきた。詳細は以下のとおりである。

①B型肝炎に対する予防接種の研究・提案を行い、現在、このプログラムは母子感染を防ぐために全国に拡大した免疫プログラムとして導入された。

②「更年期女性の健康問題」について、問題提起し、中部ダナンから南部カマウまでの地域、

そしてハノイの女性と医師に知識を啓発する先駆者となった。それ以来、更年期女性の健康に関して人びと、家族、そして社会からの注目を集め、女性生殖器癌の早期発見に貢献した。

③二〇〇一年から二〇一〇年の期間、生殖器の健康に関する啓発と国家戦略による活動展開について、関係当局や諸団体と協力している。

④フォン医師は、ツーズー病院を退職後、枯葉剤被害者の正義のために戦い、外国諸国に協力を呼びかけている。また、ベトナムの保健省と国際機関のプロジェクトのための教育、教育資料の作成、監視と評価の取り組みにも定期的に参加している。そのほか、毎年、タイニン（Tay Ninh）省、ビンフック（Binh Phuoc）省、ビンロン（Vinh Long）省、カンゾー（Can Gio）区、クチ（Cu Chi）区、第9区などホーチミン市中心部から離れた区域などの女性や子どもたちを訪問して、健康診断と贈り物の贈呈も行っている。その他にはタイグエン（Tay Nguyen）省の村落での助産師をよく訪問し、激励している。

フォン医師（右）と執筆者のハさん（左）、黒田（中央）
（ミー・ドゥック病院、2019年3月9日）

補論1 ハノイ医科大学の系譜を中心に

向井　啓二
Keiji MUKAI

資料提供・翻訳：
ズオン・チ・ゴック・ハン

はじめに

ベトナムの教育史に関わる研究は、近年ようやく進められてきた分野である。先行研究を詳細に紹介する紙幅はないが、古沢常雄「日本におけるベトナム教育史研究の状況」[1]がこれまでの研究を概括している。また、筆者も「ベトナム教育史素描」（Ⅰ）・（Ⅱ）[2]で古代からベトナム戦争期までの、主に初等基礎教育を中心とする比較的長い歴史を概括し、ブックレビューとして「現代ベトナムの教育関係書籍に関する解説」[3]で比較的近年の研究状況について述べたことがある。

本稿で取り上げるハノイ医科大学の歴史的経緯について直接取り上げている先行研究は、近田政博の『近代ベトナム高等教育の政策史』がある。[4]同書は、フランス植民地下から二〇〇〇年までのベトナムの高等教育史を詳細に論じた研究であり、おそらくベトナム人の教育史研究者も理解できていなかった内容を丁寧に論じている。

1　設立当初の状況

それでは、なぜハノイ医科大学が取り上げられなければならないのか。言うまでもなく、本書で語り、ベトナム戦争当時の体験を語ってくれたトゥイーの同級生・同年代の人たちが、本大学出身者であるという理由からだ。しかも、同大学がベトナム全体の医学教育を牽引してきたこともあり、その内容を理解することがベトナムの医学教育の概略を理解できることにつながると考えるからだ。なお、本書では、一人だけが南部のサイゴン医科大学（現在のホーチミン市医科薬科大学）出身だが、この大学についても後に簡単に触れておきたい。

以下、先に紹介した近田の著作とハノイ医科大学のホームページ（ベトナム語からの翻訳[5]）を利用し、その後の変遷を要約しつつ記したい。

ハノイ医科大学は、「インドシナ最古の高等教育機関として、一九〇二年にハノイに設立され、『インドシナ大学』（のちに「ハノイ大学」と改称）の中核としてインドシナで最も高い威信を誇った学校で」（近田、75p）、設立当初は、インドシナ医学校が正式名称であった。二〇世紀当初は、周知のようにベトナムはフランス植民地下にあり、同校設立の目的は「フランス人医師を補助する存在としての現地医療人スタッフの養成であった」（近田、75p）。当然のことながら同校校長はフランス人医師（アレクサンドル・エルサン[6]）であった。

同校は一九〇四年に助産婦科、翌一九〇五年に獣医科、一九一四年には薬科が付設され、一九一七年、ベトナム人補助医師を養成するためのインドシナ内科・薬科課程が増設され、一九二三年には医薬本科学校と改称された。医薬本科学校は、本科課程――医科が七年制、薬科が五年制とその付属として物理・化学・博物科が併設され――本科課程とは別にインドシナ内科・薬科（四年制）と助産婦科（三年制）が整備された。本科課程の医科および薬科に入学するためにはフランスと同様の現地バカロレア（フランスの中等教育修了レベルの国家資格）が必要であったが、インドシナ内科・薬科は、ベトナムの高等小学校卒業資格で受験でき、この課程終了後は「インドシナ医師」という称号を与えられた。また、助産婦科は女子のみが進学できた。その後一九四一年、同校は仏領ハノイ大学の一部の医薬学部と改称されたが、日本のような大規模総合大学の一学部としての位置づけは弱く、独立した医薬学校（大学）として存在した（近田、76p）。

以上のことから理解できるように、設立当初の同校は、ベトナム人医療従事者を養成することも目的としてあったが、植民地支配者としてのフランス人医師の補助者としての医療従事者の育成に主眼があったといえよう。事実、一九〇二年から一九四五年まで、校長（学長）は全員フランス人であり、教授言語もフランス語であった。ただし、近田がすでに指摘しているように、医薬学校は仏領ハノイ大学として再編成されており、ベトナム支配のための総督府は、医薬学校を高等教育機関として認めていたことは事実である（近田、95p）。

2　第一次インドシナ戦争（抗仏戦争）下でのハノイ医科大学

一九四五年九月二日、ベトナム民主共和国が誕生し、「一〇月八日、国家教育省は同年一一月一五日から授業を再開する旨を発表した」（近田、137p）。そのなかにはハノイ大学医薬学部（新名称：医薬大学）も含まれており、教授言語もベトナム語に改められた。

ベトナム民主共和国の成立により、排除されたはずのフランスは、再びベトナムの占領を企て、一九四六年一二月、抗仏戦争が開始された。このため「各大学はハノイを離れ、農村や山岳地帯に疎開を余儀なくされた」。「医科大学はハノイからヴァンディン（Van Dinh）に疎開し、地元の農民の家を間借りして再開さ

1945年11月15日、ホーチミン主席がハノイ医科大学の開校式に出席し、医者、歯科医、助産師に卒業証書を授与した。
出典：ハノイ医科大学のホームページ（ベトナム語）

れた」。しかし、「まもなく医科大学はヴァンディンからヴィエトバク（Viet Bac）山岳地域へ移動し、一九四七年一〇月七日にヴォ・グェン・ザップ国務大臣が出席して開校式を行っている。ところがまもなくフランス軍の攻撃を受けて、再びジャングルへの疎開を余儀なくされた。当初の数年間のカリキュラムは仏領時代と同様であり、教授言語は（ベトナム語とすると決めたが―引者注）フランス語のままであった」（近田、139p）。

こうした不自由な条件で教育が続けられていたが、学生たちは、講義を受けながら、戦場に出て、医療の実践を行い、また学校に戻り学ぶことが繰り返された。この時期に学んだ学生はその後ベトナム医療の中心的な仕事を担ったと同大学ホームページは記している。なお、この時期（一九四六年から一九五四年まで）の教育モデルは、ソ連式のものであった。医科大学は一時期、教育年限を四年に短縮したこともあるが、教育の質の向上、学生の学力の維持・向上の必要から一九六二年には六年制に戻されたようである。

3　ベトナム戦争（抗米救国戦争）下のハノイ医科大学

フランスは一九五四年三月、ディエンビエンフーの戦いで敗北しベトナムから撤退すると、今度はアメリカがベトナムに介入してきた。医薬科大学は、一九六三年から一九六四年の間に医科大学と薬科大学に分離された。すでに記したようにベトナム（ベトナム民主共和国）の教育モデルはソ連式のものであり、「欧米型の総合大学ではなく、専門分野ごとに細分化された専門大学」（近田、161p）であった。

一九六五年から本格化するベトナム戦争の最中、ハノイ医科大学は疎開を余儀なくされ、ハノイ郊外二〇〇キロメートルのタイグエン山岳地帯に移っている。医学基礎教育の二年間はここで学び、その後はハノイや紅河デルタ地帯に行き、臨床実習を行った。こうして、この間にトゥイーや本書で紹介されている医師たちが育っていったのである。

戦争が激しくなり、学生と校舎を疎開・分散をして医学教育は続けられていたが、この時期のカリキュラムなどについては、ホームページでは明らかにされていない。ただ、学生の指導と同時に、教員（教授・助教授など）の養成も重視されており、大学院教育の必要性が記されているが、当時、どれだけ進められたかについては確認できない。しかしながら、粗製乱造で急場しのぎの医師の養成ではなく、戦争という非常に緊迫化した状況下にあっても、医学教育を丁寧に行おうという姿勢は評価できよう。

4　サイゴン医薬科大学について

サイゴン医科薬科大学は、一九四七年、ハノイ医科大学のサイゴン分校として設立された（近田、250p）。抗仏戦争中は「越仏混成大学」という小規模大学の連合体の一構成員であったが、ジュネーブ協定によりベトナムが南北に分断されると一九五五年、サイゴン政権（南ベトナム政府）の下で「ベトナム国家大学」に再編され、一九五七年には「サイゴン大学」と改称された（近田、249p）。つまり、現在とは異なりサイゴン大学の医学部として組織されたのである。この点で、ソ連式をモデルとしたハノイ＝ベトナム民主共和国とは異なっている。すなわち、アメリカ式をモデルとした「国立総合大学」の一環であった。一九六一年には薬学部、一九六三年には歯学部が設立され、一九六六年に新制医学部が誕生した。この時、施設として、五〇〇席のメインホール、三〇〇席の三つの講堂、図書館、実験室がある医学教育センターが作られた。一九七六年、ベトナム戦争終了に伴い、ホーチミン市医科薬科大学となり、現在は医学部、薬学部を含む七学部・一大学病院をもつまでに至っている。

ベトナム戦争当時の同大学の状況やカリキュラムについての詳細は不明であるが、一九六三年の南ベトナム政府の仏教徒弾圧を契機として南ベトナム各地の大学で反戦・反政府運動が激化し、同年八月二五日には一三〇〇名にのぼる学生運動家が政府によって一斉に検挙された（近田、267p）。これ以降も一九六八年のテト攻勢の境に運動は拡大する一方であった（近田、268p）。

おわりにかえて

先述したように、北ベトナムと南ベトナムでは、大学の成り立ちやモデルが異なり、同じ医学教育と言っても学生が置かれた状況には大きな相違があった。北ベトナムでは、医科大学での学びは直接、実践に結びつき医者としての経験を重ねていくことになり、国民・兵士からの尊敬を得ることにつながったと考えられる。一方、南では、近田が指摘するように「国家エリートを養成する明確なミッション（存在理由）が存在せず、仏領時代の旧制度が惰性的に継承されたという点は否定できない。反戦・反政府運動の拠点と化した大学は、サイゴン政権にとっていわば『内なる抵抗勢力』であり、かといって、あからさまには弾圧できない『両刃の剣』のような存在であった。一方、学生にとっては自国の政治状況は絶望的であり、外国に脱出するか、解放戦線に加わるか以外に、自身の将来を描くことはできなかったのである」（近田、269p）。そうした環境の中で、南ベトナムで医学を学び、人々のために尽力した人たちが存在したことは、北ベトナムでの従軍医師の存在だけに着目するばかりでなく、別の視点から捉え評価すべきだと考える。

【註】

1)古沢常雄『法政大学キャリアデザイン学部紀要』第8号所収、2011年。

2)拙稿、いずれも『種智院大学研究紀要』第7号・第8号所収、2006年および2007年。

3)拙稿『日本ベトナム障害児教育・福祉研究』第7号、2009年所収、文理閣。

4)近田政博『近代ベトナム高等教育における政策史』多賀出版、2005年。以下、本書からの引用は煩瑣になるので、本文中に（近田、○○p）と記述する。

5)同大学のホームページは、ベトナム語と英語の2か国語があり、ベトナム語の記述の方が詳しい。この点を配慮し、本稿執筆に協力していただいたズオン・チ・ゴック・ハンさんに、ベトナム語の内容を翻訳していただき、それを利用している。

6)アレクサンドル・エルサン（Alexandre Yersin、1863～1943）は、スイス出身の医師で、フランスのパスツール研究所で細菌学を研究し、一八九四年に香港でペスト菌を発見した（北里柴三郎とほぼ同時期）ことでも有名である。ペスト菌の学名（Yersinia pestis、エルシニア・ペスティス）に彼の名前が使われている（喜多悦子「黒死病（ペスト）とハンセン病」https://www.smhf.or.jp/blog_smhf/blog_chair/6391/ 2019年2月25日閲覧、ほか）。

補論2 ベトナム戦争中の人々の暮らし

向井　啓二
Keiji MUKAI

はじめに

ベトナム戦争が終了してからすでに四〇年以上が経過した。ベトナムでもこの戦争を経験していない世代の人たちが増加している。日本でも同様にアジア太平洋戦争終了後七〇年以上経ち、戦後生まれが大半を占め、戦争をまったく知らない状態になっている。いわゆる「戦争体験の風化」「戦争に対する無関心層の増加」は避けられない状態になっているといえよう。

ところで、本稿で扱う「ベトナム戦争中の人々の暮らし」というテーマは、非常に面白いテーマである。しかし、このテーマで記すことは大変難しいと言わねばならない。まず、「ベトナム戦争」の期間を一九六四年八月のトンキン湾事件以後、北ベトナム都市への爆撃（北爆）を契機とするアメリカの全面的な介入から一九七三年一月のパリ協定締結、さらに一九七五年四月三〇日の南部解放までの一〇年余りの期間、いわゆる「抗米救国戦争」に絞り込んだとしても、その期間内のベトナムの人々の生活はあまりに多様であり、それを具体的に概括して記述することは不可能に近い。

そもそも、先行研究として存在する各種のベトナム戦争史の主なテーマは、戦争を行った当事者の動きを追い、どのように戦ったのかの推移を述べたものか、あるいはベトナム戦争がベトナムあるいはアメリカや世界にどのような影響を与えたかを述べることが基本であり、戦争中の人々がどのような生活を営んでいたかを具体的に記した著述はごくわずかしかない。もちろん、ベトナム戦争中に派遣された、あるいは自ら望んでベトナムに行った新聞記者、写真家、作家などがさまざまな記録を残しているが、今それらを丹念に読み込み、改めて引用しつつ、新たな民衆像を示すことは不可能に近い。[1]なぜなら、それらの記述はあまりに多岐に及んでおり、そのすべてを調べ直すことは記録が多いだけに不可能である。

次に、一口に「人々の暮らし」と言っても、北ベトナムと南ベトナム場合では違いがある。政治・経済体制に違いがあるだけでなく、戦場も違う。確かに北ベトナムの人々は北爆によって苦しめられたが、ベトナム戦争の主戦場は北緯一七度線より南の地域であり、生活の様子も大きく異なる。また、民衆といっても、どのような職業についていたのか、年齢や性別などの違いでその暮らしぶりも違いがある。こうした点に注意しつつ、「ベトナム戦争中の人々の暮らし」を述べていくことにしたいが、筆者が集められた史実は極めて少なく、この魅力的なテーマの一部を解明するための覚書（メモランダム）に過ぎないことをあらかじめ断っておくことにしたい。

1 アメリカ軍の戦闘方法

まず、ベトナム戦争に直接介入し、南ベトナム政府軍とともに戦ったアメリカ軍は、南ベトナム解放民族戦線や北ベトナム正規軍に対しどのような戦い方をしたのだろうか。これを理解することは、「敵」として存在することになったベトナムの民衆が、どのような扱いを受けたかが理解できることとなろう。

結論から述べれば、アメリカ軍は、ゲリラ戦を進める南ベトナム解放民族戦線兵士、北ベトナム正規軍兵士とベトナムの民衆との区別をつけることができず、戦場では「動くものはすべて敵である」「良いベトナム人とは、死んだベトナム人である」という非常に極端な捉え方しかできず、非人間的な理解の上で戦っていた。別言すれば、南ベトナム政府軍以外の兵士は敵・味方の区別がつかず、アメリカ兵は民間人を総体として恐れていたし、「敵」も自分たちと同様の人間であるとの理解に欠けていたのだった。だからこそ、兵士かそうでないかが見分けがつかないがゆえにベトナム人はすべて「敵」として扱わざるを得ず、こうした捉え方が極限にまで至った戦闘が、各地で起こり、村人を一人残らず殺害するという事件が頻発したのである。繰り返しになるが、アメリカ軍兵士は、ベトナム民衆が解放民族戦線の兵士なのか、それとも単なる農民（を含む民間人）なのかの区別をまったくつけることができず、やみくもに索敵殲滅作戦（Search and destroy mission）を実行するほかなかった。[2]「敵」として戦う相手を生身の人間として理解しない以上、攻撃や戦闘は極端なものにならざるを得ない。彼らはまさに「人民の海」の中で敵・味方の区別をつける暇もなく、戦っていたのである。

2　ベトナムの人々の生活

以下、筆者が集められた限りの史実を、いくつかのグループにまとめて記していくことにしたい。

①子どもたちの暮らし

戦争中でも子どもたちは学校に行き、授業を受けていた。ベトナムでもアジア太平洋戦争下の日本と同様に、学童疎開が実施されていた。ただし、南部と北部でその様相は異なった。つまり、北部では学童疎開が行われていたが、南部では「戦争孤児をバンブーハウス（竹の家＝孤児収容施設のこと―引者注）に収容し、保護し、疎開させた」[3]のであった。南北の相違については、近田政博がより詳しく「北の民主共和国では抗仏戦争期には都市部から農村部に多くの学童疎開が行われたが、南ベトナムにおいては政府自身の手によって農民は土地を奪われ、難民化してサイゴンに避難するという、まったく逆の現象が起きている」[4]と述べている。すでに抗仏戦争期（一九四五年〜一九五四年）に北部では学童疎開が実施されていたのである。本稿で扱っている時期には北爆が実施されており、子どもたちは学童疎開を行っている。逆に南部では、戦場が農村部であるために、農村への疎開はせず、サイゴンのような「安全な都市」に入ってきたのであった[5]。

では、北ベトナムでの学童疎開は、どのようなものだったのだろうか。わずかな例であるが、史実を繋いでみたい。

⑴ベトナム人教育学者は、自らの著作で、「一九六四年八月五日、アメリカは北ベトナムに対し空中戦を開始した。多くの都市、農村部、病院、学校が爆撃された。こうした状況のなかで、学校は洞窟や地下トンネルのような安全な場所に移された[6]」と記している。ここからもわかるように、学校をはじめとする施設すべてが疎開したのである。このことは、次の⑵の記録からも理解できる。

⑵次に、北ベトナムでの疎開体験。亡くなったベトナム史研究者吉澤南の友人のエピソードである。

ハノイ生まれの彼女は、アメリカとの戦争が北ベトナムに襲来した一九六五年には小学三年生で、一九七五年には大学四年生であった。「北爆」が始まった時には、母親の職場があったフーリー（Phu Ly）の小学校に疎開した。フーリーはハノイから南へ五〇キロほどの町である。「北爆」のない時期には一時的にハノイ郊外の小学校に戻った。

しかし、戦争がはげしくなると再びフーリーに移り、中学、高校とそこで過ごした。父親はジャーナリストで南ベトナムに行っていた。小学生の時などは、母親が月に一度くらい、一〇キロ離れている疎開先に会いに来てくれた。ハノイの大学に進学したが、一九七三年までは学校はホアビン（Hoa Binh）に疎開していた。親元を離れて過ごさざるをえなかったのが一番つらい戦争体験だったという。米軍機の轟音が聞こえたし、夜になるとフーリーの町を爆撃する火が見えた。[7)]

進学先のハノイの大学が大学ごと（建物＝教室棟や事務室・教員・学生などすべて）が、ホアビンに疎開＝移転していたのであった。吉澤は、これ以外にも学童疎開について記している。子どもたちを何時・何処に疎開させるかは、最終的には個々の親が戦局を見極めて決定した、という。

むろん政府機関や学校当局が、アメリカの「北爆」のエスカレーションの状況を判断して、学校の疎開の方針を決定した。しかしながら、子どもを何処に（例えば、父方の親族のいる農村か、あるいは母方の実家の田舎か、どちらがより安全で、子どもとの面会もしやすいか、といった選択）、また何時から疎開に行かせるかなどは、最終的にはそれぞれの親の責任で決められた。つまり、親たちは子どもの命を守り、勉学の条件を維持するために、全てを政府に任せきらないで、身の回りに迫り来る戦局の変化を正確に分析し、適切な智恵を絞り出すことが要求されたのである。[8)]

学童疎開のあり方が日本とは異なっていることに気づくだろう。日本でもベトナムと同様の「縁故疎開」は実施されていた。政府・地方行政機関・学校も当初は「縁故疎開」を奨励していたし、建前では「縁故疎開」が不可能な子どもがやむなく「集団疎開」することになっていた。だが、「集団疎開」は事実上「勧奨」という名の強制であった。

(3) さらに、疎開させた親の経験である。中村信子は五人の子どもの母親だった。夫はアジア太平洋戦争中に日本に留学したベトナム人の著名な農学者、ルオン・ディン・クアである。彼女の著書には学童疎開のことが記されている。それによれば、五人の子どものうち、上の二人（長男と次男）は「学校で疎開させてもらうから大丈夫だと思った[9)]」と記されている。おそらく学校単位で疎開が実施されており、日本と同様の集団疎開も実施されていたと考えられる。

しかし、他の三人の子どもたち（当時、「十一歳、八歳、五歳の下の三人」[10]）の疎開先が中村家では問題になった。結局、下の三人の子どもたちは父方のタインホア省に疎開した。ここで注目されるのは、五歳児までもが疎開していることである。学齢期以前の子どもをどうするかで、おそらく両親は苦渋の決断をしたと思われるが、父方の親族がいるという理由で、北爆の標的になっているハノイよりも安全だと考え、幼い子どもも疎開をさせたのだろう。しかも、子どもたちの面倒は父とその部下が行うことになった。中村はハノイ中央放送局の日本人アナウンサーで、現場から離れられないという事情があったからである。この点、「母性重視」という表現で女性を差別する——つまり、母親は子どもを育てるべきだという「常識」の押し付け——「通念」は社会主義国・ベトナム民主共和国にはなかったいうべきであろう。性別に関係なくできる者、できる条件がある者が対応した。

その後、北爆がひどくなると子どもたちの疎開先は、一九六七年タインホア省からハイフン省に変更された。夫の「食糧作物研究院が新しく設立され[11]」たからである。中村はハノイから子どもたちに面会に出かけている。それは「クアが仕事で（ハノイに—引者注）来たとき（一緒に子どもたちの疎開先まで行く—引者注）や、（おそらくクアに関係する—引者注）運転手が（何かの用事で—引者注）ハノイに来て空車で疎開地に帰るときを利用して会いに行った」。その際、「蓄えておいた配給の食料品やたばこ、キャンディーなどを子どもたちのもとに運んだ[12]」と述べている。

さらに中村は、勤務先のハノイ中央放送局自体が疎開したことも記している。ベトナムでは先引した吉澤の文からも理解できるように、学校も疎開している。このことはテレビでも報道されたことがあり[13]、日本でもよく知られている。

(4)南ベトナム内の解放区――南ベトナム政府側からは「独立」した地域――での教育についても一定程度理解できている。南ベトナム内でもアメリカ軍は爆撃を行った。これを北爆に対して南爆というが、解放区への南爆は日常的に行われていた。そこで、解放区では「日常生活にとって必要な諸施設――防空壕はもちろん、学校、病院、印刷所、放送局、工場など――も地下に完備された。畜舎さえ半地下に作った。地下生活は、一時的な避難ではなく、日常生活の重要な一部となった[14]」のである。これは先引した(1)のベトナム人教育学者の記した内容と同じである。

現在は観光地になっているクチ・トンネルにも諸施設があったようで、近田政博は「クチ解放区では、二つの小学校に二八四人の生徒が、文化補習校（主に成人に識字教育と思想教育を施す―引者注）六クラスに六〇人が、教師養成クラス長期課程に一九人が在籍していた[15]」と述べている。

以上のことから、戦争中でも学齢期の児童・生徒は学校教育を受け続けていた。少なくとも、日本のように卒業を早め兵士とする「学徒出陣」や、医学・理系重視、学徒動員などを実施するということはなかったようである。

②僧侶たち

ベトナム戦争中、宗教者が民衆に大きな影響を及ぼしたことはよく知られている。なかでも仏教者（僧侶）たちの南ベトナム政府との対立は、「焼身供養」という非常に激しい行為、抵抗として知られている。これまで多くの人たちが触れているティック・クアン・ドック(釈廣徳)の行動について改めて要約しておく。

一九六三年五月八日、サイゴン政権は仏教徒と衝突する。原因は仏教徒たちが掲げる仏旗を禁止したことにあるが、これに対する抗議は僧侶二万人のデモ行進となった。さらに六月一一日には、サイゴンのアメリカ大使館前で、ティック・クアン・ドック（釈廣徳）が、抗議の「焼身供養」を行った。[16] これに対し、ジェムの弟で秘密警察長官のヌーの妻（マダム・ヌー）は、アメリカのテレビインタビューで「人間バーベキュー」と暴言した。この心ない発言が仏教者の抵抗をより強めることになり、ベトナム全土にジェム政権批判の声が広がり、政権は同年一一月、クーデターにより倒された。ジェム政権後の軍事政権は、安定したものとはいえず、頻繁に大統領が交代することになった。

これ以外に、南ベトナム政府軍には従軍僧がいたことが確認できる。サンケイ新聞から特派員として派遣されていた近藤紘一は、サイゴン解放（一九七五年四月三〇日）直前の様子を記した著作のなかで、俗人だった男性が出家し、その息子も「親父の発心の巻き添えで坊主にされてしまった。長じて従軍僧となり、階級は大尉である」[17]と記している。

また、解放戦線に通じる僧侶もいた。ジャーナリスト岡村昭彦を解放区へ案内してくれた二人の僧侶が、解放区の責任者と話をつけてくれ、区内にある寺に招いてくれたことが記されている。[18]このように戦時下にあっても、僧侶や尼僧たちは、人々とともに生活を続けていたことが理解できる。

③医師たち

ベトナム戦争中の医師たちの実態については、二人の医師の記録があり、わが国でもその内容が知ることができるようになった。一人はレ・カオ・ダイで、本書で扱ったハノイ医科大学を卒業し、ホーチミン・ルートのある中部高原戦線で一九六六年から八年間軍医として生活した記録が『ホーチミン・ルート従軍記』（岩波書店、二〇〇九年）として刊行されている。その記録は膨大なもので、細かく取り上げることができないものだが、本稿では同書の中に記されているいくつかのエピソードを取り上げておきたい。

まず、一九六八年三月七日の記述の箇所にある〈寝返った医師〉というものがある。これは、北ベトナム正規軍に属していた従軍医の一人が南ベトナム側に「寝返った」ことを記したものである。具体的には、

Cが国を裏切ったのだ！　彼は苦しさに耐えきれず、敵に降伏し、敵はただちに彼を利用して無数のビラを印刷し、飛行機から撒いた。……Cは降伏を呼びかける。降伏したら寛大な扱いを受け、よい食事と飲み物、素敵な服、親切な扱いを与えられると。時にCは私たちの所在を知っていると脅し、殲滅されたくなければ、急いで降伏せよと話しかける。[19]

とある。同様の内容は一九六九年六月二八日の〈戦闘忌避の兵士たち〉にも記されている。

戦争は長引き、鮮烈だ。戦闘精神をなくし、困難を避けるものが出るのはやむをえない。自分で傷をつけたり、戦闘をサボるための病気をでっちあげる者が増えている。こうした兵士たちを「さらし者の子牛たち」と呼ぶこと。さらに、負傷して戦えなくなった兵士を後方へ戻す政策が採られて以来、状況が悪化した。生涯を捧げる理想を語る者がいる一方で、うそをついて逃げ、病気を過度に重く言う者もいる。私たちの病院では「OV病」という隠語

がある。フランス語とベトナム語を半分ずつくっつけた造語で、患者の前で話す際に使う。OVは「オム・ヴォー」（仮病）を表す。[20]

このように、「鉄の規律」を守り戦っていたと理解されることが多い北ベトナム正規軍兵士や従軍医の中にも転向し、戦闘から逃避する人たちがいたし、自殺した兵士もいた。カオ・ダイは記している。

……事態は明らかだと私は思う。ここには（自殺した兵士の残した日記には――引者注）青年の母と故郷の村を愛する気持ちがあふれている。初めて戦場に来たとき彼は苦しさを恐れ、戦えなくなって脱走した。彼は捕まり、歩兵で戻された。困り果てて彼は自ら命を絶った。後に残された彼の書類から明らかだ。私たちリーダーが彼の苦しみを知らなかったことが悲しい。私たちが深く見抜けるリーダーだったなら彼の苦しみに気づいただろう。この悲劇を防げただろうに。[21]

士気が高く、優れた軍として知られている北ベトナム正規軍のなかであっても、人間として弱く、恐れ、悲しみ、苦悩する「あたりまえ」の人々によって組織されていたことがうかがえる。

スーパースターの兵士たちではなかったのである。[22]

二人目は、ダン・トゥイー・チャム。本書が編まれるきっかけになった女医である。彼女の体験については直接『トゥイーの日記』を読むことで理解できるが、ここでは偶然、彼女に治療を受けた人物の記録があるので長くなるが紹介したい。

「海のホーチミン・ルート」――北から南に船を使って物資・武器・弾薬を運ぶ部隊で一九五九年七月に部隊結成が決定された――のメンバー（四三号船のトゥ・タン＝グェン・ドゥク・タン）が一九六八年二月二九日夜、敵からの攻撃を受け、動けなくなり、自ら船を爆破した上で上陸し、クアンガイ省ドゥクフォー県の診療所にたどり着き、ケガの治療をした時の記録である。

……その診療所の責任者、指揮者は一人の女性、ハノイ出身の若い医師でした。その年、彼女はまだ三〇歳前でした。彼女の名前はトゥイ・チャム。残念なことに、私は間違いをおかしました。私は彼女のハノイの家族の住所を聞きませんでした。……伝え聞いたところでは、彼女には恋人がいて、彼女より数年前に戦場に赴いたとのことで、まさにクアンガイの戦場でした。このため、彼女は医科大学（ハノイ医科大―引者注）を卒業すると、すぐに南部に赴きました。まさしくクアンガイ省に入り、ドゥクフォーの診療所を担当しました。理由はわかりませんが、戦場に入った後、彼と彼女はもはや互いにしっかりと結びついていませんでした。彼女はその個人的な痛みを隠していました。そして、彼女はその診療所を指揮して、まさに不思議なほどのたくみさで、攻撃され、押しつぶされた狭い土地に丸十年間にわたって大胆にそこにしがみついていました…彼女が犠牲になった日まで…。

その日（一九六八年三月初頭――引者注）の二時に、打ちひしがれた私たち、船員の仲間がチャムさんの診療所にやってきました。彼女は何も言いませんでしたが、彼女は私たちが東海（南シナ海）の秘密のルートをたどる者たちであることを知っていて、私たちを英雄であると考えていました。彼女は言いました。「みなさんはまずここにとどまってください。まだどこにも行けません。傷口を治して、休んで体力を回復しなければなりません。チュオンソンをのぼるために」。診療所全体が飢えていました。チャムさんも、彼女の職員も空腹であることが私にはわかりました。それでも私たちは丹精込めた治療と世話を受けられました。[23]

傷ついた兵士に優しく対応するトゥイーの姿が描写されているといえよう。上記の記述は、グェン・ドック・タンが後に『トゥイーの日記』を読み、思い出したことか、彼が患者として治療を受けていた時すでに気づいていたことなのか判断できないが、彼女は一人の女性として恋に悩み苦しみながら、熱心に治療に取り組んでいたのであった。

④山の民（少数民族）

現在ベトナム政府が公式に認めているように、ベトナムは五四の民族からなる多民族国家である。その大半はキン族であるが、少数民族も住んでいた。戦争により国家は南北に分断されたが、山岳地帯に住む少数民族にとって、戦争はこれまでの自由な移動を妨げられることにつながった。この点についても吉澤は注目して、彼らの移動のための道がいわゆるホーチミン・ルートになっていったことを紹介している。すなわち、

山岳の森林地帯を主たる居住地とする少数派のエスニック・グループの山の民は、尾根、峠、山腹、台地、渓谷、あるいは沢を縫って走る深山の道をもっていた。獣道を利用した道とは言えないようなものから、人の往来によって踏み固められた細い道まであった。それらは彼らの生活共同体の生活の道であった。（中略）山の民の生活の道が南北を結びつける道路となり、さらにそれが米軍機の猛爆下でも安定した往来と輸送のための軍事道路として拡充されるのは、一九六四～五年以降のことである。ホーチミン・ルートは戦争激化にともない、より一層開拓され、日々トラック輸送が可能なように充実させられた。[24)]

また、吉澤も指摘しているが、解放戦線や南ベトナム政府軍との間で山岳民族の「獲得合

戦[25]」もあった。ベトナム戦争はまさにベトナムという地理的な領域すべてで繰り広げられた戦いであり、例外はなかったことが理解できる。

⑤元政治犯

「ベトナム戦争中の人々の暮らし」というテーマからすると彼ら政治犯を取り上げることは相応しくないかも知れない。しかし、彼らは大抵の場合、サイゴン政権・アメリカ軍に抵抗する闘いに加わり、「敵」として捕らえられ、その後、政治犯としての生活を強いられた人々である。政治犯として捕らえられた人たちについて関心をもち、私たちに紹介してくれた先行研究として丸山静雄の『ベトナム解放』（一九七五年、朝日新聞社）中の「『政治囚』は訴える」がある。ここでは、サイゴン政権に捕えられた四人の男女の政治犯のことが紹介されている。筆者も二〇一〇年一二月二六日から三〇日にかけて、日本ベトナム友好協会京都支部の方たちとコンソン島[26]を訪れた際、同行した支部の人たちとともに一二月二八日午後、四人の元政治犯から話を聞くことができた。その内容を報告することが可能なので、本稿で簡単に報告したい。なお、内容は二〇一〇年一二月二八日当時のものである。

一人目はファン・オアンさん（男性）である。コンソン島の元政治犯たちで作る会の会長である。オアンさんは一九七〇年、カマウ郊外で逮捕され、サイゴン中心地のチーホア刑務所に収監後、七二〇人の政治犯とともにコンソン島に移された。島内の九一四埠頭《ふとう》から刑務所に入った。その時は手錠を嵌められたままだった。共産党員の中で転向者と非転向者に区別され収容された。食事は毎日ニョクマム（魚醤油）と白米だけで、四四平方メートルの室内に四〇〜五〇人の人たちと一緒に入れられていた。この部屋とは別に、オアンさんは五〜六人の人たちと独房に入れられた経験もあった。刑務所内では三日に一度室外に出され、一〜二分だったがシャワーを浴びられた。また、朝から晩まで拷問を受けることもあった。拷問の方法は、刑務所によって異なっていた。政治犯以外の一般刑（通常の刑事犯など）の受刑者からも暴行を受けることもあった。刑務官が政治犯を殺害することは簡単だったが、彼らは殺さず、自分たちを毎日拷問で痛めつけた。

二人目はゲン・スン・ビンさん（男性）である。ワンナムという場所で逮捕され、オアンさんと同じくチーホア刑務所を経由してコンソン島に収監された。他の政治犯とともに足と足を繋がれていた。刑務所内の取調室のセメントに身体を縛られ、石鹸水を鼻から入れられる拷問を受けた経験がある。毎日拷問を受け、共産党の内部の動きについて問われた。「虎の檻」のなかは、一部屋に七人位が入れられ、隣の部屋は空き部屋にしてあった。その理由は、隣に政治犯を入れると内部で連絡を取り合うことを恐れてそうしたのだという。ビンさんは、一九七三年のパリ協定締結後、サイゴン政府・アメリカ政府と話すことを望んで要求したが認められず、これに抗議するために所内で断食した。断食は二度、一四日間と一九日間行った。これ以外の抵抗として南ベトナム国旗に敬礼しないことも行った。自分と同じような抵抗を行い死んだ政治犯もいた。一九七五年五月一日午前〇時に解放され自由の身となった。

三人目はトン・ロン・アンさん（男性）である。アンさんは中部出身で、一九七二年に逮捕された。ダナン刑務所、チーホア刑務所を経て一九七三年三月コンソン島に移された。三年間「虎の檻」にいた。「虎の檻」には僧侶も収監されていたという貴重な経験を話してくれた。その僧侶は転向するよう何度も強要されたが、転向しなかった。解放後は僧侶ではなく、共産党員になった。一九七五年の解放後、高齢の元政治犯たちは大半出身地に戻ったが、自分たち若者は仲間や友人たちのことを思い、共産党への感謝のために島に残る者が多かったので自分も島に残った。先に述べた元僧侶は時々島に戻ってくるが、解放後は国に大事にされているようだという。

四人目はウィン・ティ・ニさん（女性）である。四人のなかでは最も高齢でヒアリング時七二歳だった。彼女は三二歳の時に逮捕され、女性用の「虎の檻」に入れられた。女性だったことで、男性以上に残酷な拷問を受けた。手足を鞭《むち》でたたかれ、手の指の骨を折られた。抵抗のために断食したり、腹を切る人もいた。女性は毎日拷問された。刑務官が身体に水をかけ、指先を濡らし、電気で感電させ、失神したらまた水をかぶせて正気に戻し、今度は水筒を性器に入れた。そうした拷問の結果三人の内二人は死んでしまった。この経験はおそらく死ぬまで忘れないだろう。拷問をする人は人間ではなくまるで動物（ケダモノ）のように感じた。

以上の四人の体験を聞いた後で、筆者ら訪問者からいくつか質問し、答えてもらった。まず、「酷い拷問を受けながらも生き抜けた理由は何か」という質問に対し、二人の方は「共産党に対する信頼とアメリカはいずれ敗北することを信じていたからだ」と答えた。なかでもアンさんは、「拷問は痛かったが、共産党について考えながら我慢した。それがエネルギーの源になった」と述べられた。

次に、「収容されていた当時、刑務所内での抵抗運動や連絡はどのようになされていたのか」と質問した。これに対しオアンさんが答えてくれた。「刑務所内には共産党支部があり、連絡方法を考える。島外には、島に船が来た時、乗船していた人に自分たちの状態を伝え、彼らを通じてマスコミに連絡してもらうように努めた。当時は誰が党員であるか互いにわからなかった。戦後になって党員が誰だったかわかった」という。

最後に「皆さん方の体験を若者たちに話しているのか」という質問について。これもオアンさんが答えてくれた。「戦争終了直後はアメリカ軍のやったことを伝える活動を行った。現在は、自分たちの体験を毎年小学校で話し、共産青年団（ホーチミン共産青年同盟―筆者注）の人たちにも話している」と答えられた。

なお、私たちはこれ以外にコンソン島に収監された元政治犯から二度、話をうかがう機会があり、それも合せて記すことにする。筆者が聞くことができた最も古い話は、二〇〇七年八月二三日、ホーチミン市内の戦争証跡博物館で催された「枯葉剤被害を含めたベトナム戦争に関する学習会」（日本ベトナム友好障害児教育・福祉セミナー主催、ホーチミン市戦争証跡博物館協力）のものである。

元政治犯の方はグェン・クエさん（男性）である。クエさんは一九二六年生まれ。元南ベトナムの政治犯で一九五七年から七三年までの一五年間コンソン島に収監されていた。日本人に自分の体験を話すのはこの時で三回目だった。一五年に及ぶ刑務所での生活はどのようなものだったのか。

自分は一五年間刑務所に収容され、パリ和平協定に基づいて釈放された。釈放後はかなり衰弱していた。獄中で亡くなった人もたくさんいた。三百数十人以上の人たちは両足がマヒした。刑務所内は食事も酷く、拷問を受けることもあった。拷問のために手の指も曲り、鎖骨も痛み、雨の日は身体がうずくこともある。転向を何度も勧められたが拒否すると拷問された。拷問には二種類あり、太い棒で手をたたくものと棒を使って足と手を拘束するものとがあった。足と手を拘束する拷問は長い場合、半日にも及び死ぬ人もいた。

「これほど酷い拷問を受けながら、一五年もの間どうして生きられたのか」という質問に対し、クエさんは、「アメリカの爆撃を受け、怒りを感じ、国を何とかしたいと思ったからだ」と述べられた。

クエさんの体験談が終わった後、戦争証跡博物館のヒュン・ホック・バン副館長（当時）がクエさんの体験談を補足した。クエさんは二〇年間妻子と離れて暮らした。夫が捕えられていた間、妻は子どもを育てるために必死だった。なかにはクエさんはすでに死んでいると言う人もいた。一九七三年に釈放され、自宅に戻った時、クエさんの容姿は長期間の刑務所生活のためにまったく変わってしまっていたので、妻はクエさんのことがわからなかったという。妻は夫のあまりの変わりように驚いたようだ。妻は一九五三年、クエさんから送られた手紙を大切に持っていた。そのことを周りの人々が知るようになり、二〇〇七年のバレンタインの日に「戦争中の恋愛」として、この話を博物館で紹介したとのことであった。

もう一度のヒアリングは、二〇〇八年一〇月二日、京都で行った「ツーさんとバンさんのお話を聞く会」のものである。体験談を話してくださったのは、ヒン・チ・キュー・ツーさん（女性）であり、ツーさんの話を補足したのは先の戦争証跡博物館のバン副館長（当時）である。

ツーさんは一九五一年二月三日生まれである。中部のクアンガイ省で生まれ、一九六七年から六九年にかけて爆撃が激しい時期にサイゴンに移った。戦争中の体験を語り始めたのは二〇〇三年からで、日本の人たちに話したのはこの時が初めてだった。一五歳で南ベトナム解放民族戦線に参加し、一七歳の時にサイゴン政府軍に捕まった。一九六九年五月のホーチミンの誕生日（ホーチミンは、一八九〇年五月一九日生まれ―筆者注）に合せ、サイゴンで行動する計画が立てられた。六九年四月に文化情報局ビルの爆破が計画され、（四月の実施日は不明だが―筆者注）午前五時頃、ツーさんは学生の格好をし、カバンに爆弾を入れ、そのカバンをビル内に置いて爆破させる計画だった。その時、無関係の一般人を巻き添えにしたくないと思いビルに戻ったために政府軍に捕えられることになった。逮捕後、一三日間に及ぶ拷問を受け、両手・両足が動かなくなった。全身の汗腺から血が出て、胸も急に硬くなるように感じた。

ここでバン副館長がツーさんの話を補足し、「当時、美しい女性が捕えられ、刑務所に入れられたと言えば、政府軍は彼女にどれほど酷い拷問や仕打ちをしたか、推察して欲しい」と述べた。おそらく、先に示したウィン・ティ・ニさんが受けたのと同様の拷問をされたのだろう。

その後、ツーさんはコンソン島に収容された。拷問によって傷ついたツーさんの身体は満身創痍の状態だった。現在でも左手に障害が残り、動かない。一九七〇年の初めに手術を受け、九五年にも手術を受けた。九八年に乳ガンであることがわかった。現在、体中に六〇数か所のガンが転移しているという。それでも彼女は二〇〇三年、日本人から自転車やペン、チョコレートなどを寄付してもらい、自転車でハノイに出発した。当時のホーチミン・ルートをたどる旅だったようだ。旅の途中で交通事故にもあい、最初の計画よりも一〇日ほどハノイに着くのが遅れたらしいが、無事ハノイに到着し、ホーチミン廟にも行ったそうである。

参加者からツーさんに対し、「刑務所にいた時の信念は何か」という質問があり、彼女は「ベトナムには戦争が多い。しかし、ベトナム戦争は不義の戦争だ。侵略者は追い出すという愛国心をもっていた」と答えた。

これら元政治犯の話は、それぞれの人にベトナム解放のために不屈の精神で耐え抜いた自負があると言えるが、我々日本人が彼らの体験をどのように受け取り、学んでいくべきか、今後の課題となるだろう。現時点で筆者は、同様の体験談を聞きだし、記録した丸山静雄がかつて述べたことを追認するだけである。すなわち、「……（「政治囚」問題＝本稿でいう元政治犯問題の──引者注）核心とは、そのような『政治囚』を大量にもつ政権が、いかに人民大衆への信頼を欠いた反人民的政権であったかということである。これほどの人民不信の権力構造はあるまい。その意味では、まさしく虚構の政権であった。ベトナムにおける『アメリカの戦争』は、そうした政権を守り育てるために戦われていたのである[27]」ということである。

まとめにかえて

「ベトナム戦争中の人々の暮らし」を丁寧に掘り起し、記述することとは「はじめに」で記したとおり、難しくできなかった、というべきであろう。アメリカ軍が区別できなかったように、ゲリラ戦を戦っていたベトナムの人たちも兵士か民間人の区別が曖昧だったように思われる。そのことは、いわさきちひろが絵を描いたグェン・ティ作の絵本『母さんはおるす』（新日本出版社、一九七二年）でも理解できる。母さんは子育てをし、戦いに加わり、農業をしていたのである。それはしかし、ベトナムの人々が望んだことではない。アメリカが介入し、しかけた戦争に勝つためにはゲリラ戦しか戦略的には取ることが不可能だったものであり、強いられた戦略だった。そうした戦いのなかで、ひと時の「平和」な時間を保とうと努力していたはずである。わずかな「平和」さえ奪い、捕え、殺害した側の国に大義はない。これほど苦しめられても国の独立を守り発展させようとする、その努力の積み重ねが現在のベトナムの根底にあるだろう。

筆者は今後もこのテーマで、さまざまな人々の断片をつなぐ、ジグソーパズルの絵を完成させるための努力をしたいと考えている。なお、本稿で記した内容のベースは、日本ベトナム友好協会京都支部の旧ホームページに筆者が発表した「ベトナム入門」のコーナーに掲載したいくつかの文を改めて書き直したものである。ここで、旧ホームページをお読みいただき、感想をくださった方々や筆者の舌足らずで拙い文をホームページに掲載することに尽力していただいた方々に感謝の言葉を述べることにしたい。

【註】

1）これらの著作のうち代表的なものを筆者の関心に従いランダムにあげると、岡村昭彦『南ヴェトナム戦争従軍記』『同前（続）』（いずれも岩波新書）、本多勝一『戦場の村』（朝日文庫）、中村梧郎『新版 母は枯葉剤を浴びた』（岩波現代文庫）、沢田教一『泥まみれの死』（講談社文庫）、石川文洋『ベトナム 戦争と平和』（岩波新書）などがある。なかでも岡村と本多の著作は、目をそむけたくなるようなあまりに生々しい現実を示した写真に対して、恐怖感から避ける傾向があった筆者にとっては、多くの情報を得るものであった。なお、吉澤南は歴史学者として本多勝一の『戦場の村』に高い評価を与えており（吉澤南『同時代史としてのベトナム戦争』有志舎、2010年）、筆者も同感である。

2）この点については、ニック・タース『動くものはすべて殺せ』（みすず書房、2015年）を参照されたい。

3）奥田継夫『世界にも学童疎開があった』（日本機関紙出版センター、1990年）116頁。

4）近田政博『近代ベトナム高等教育の政策史』（多賀出版、2005年）228頁。

5）前掲『近代ベトナム高等教育の政策史』257～258頁には、①「サイゴン政権は支配下農村の戦略化を進めており、その尖兵として農村に送り込まれるということは、解放戦線の標的になる可能性が極めて高いことを意味した。このため中等職業セクターや師範学校への志望者は（授業料免除や奨学金が支給されても、卒業後一定期間農村に送られる可能性が強かったために―引者注）少なかったのである」。②「初等中等教育の（中略）特徴は、農村が主たる戦場となったために、多くの農民が都市部とくに首都サイゴンに流入し、その必然的結果としてサイゴンの就学者が激増したことである」と述べられている。

6）Tran kieu"Education in Vietnam: current state and issues""The Gioi Publishers,2002年、9頁。原文は英文。向井が翻訳した。

7）吉澤南『ベトナム戦争』（吉川弘文館、１９９９年）６頁。

8）前掲『ベトナム戦争』１７５〜１７６頁。

9）中村信子『ハノイから吹く風』（共同通信社、２０００年）２０６頁。

10）前掲『ハノイから吹く風』２０６頁。

11）前掲『ハノイから吹く風』２１３頁。

12）前掲『ハノイから吹く風』２１５頁。

13）「地球ドラマチック　ベトナム・地下ごうの音楽学校」（２００６年9月20日報道、ＮＨＫ教育放送・当時）

14）前掲『ベトナム戦争』１９４頁。

15）前掲『近代ベトナム高等教育の政策史』２４８頁の注68）。

16）この行為は、法華経の薬王菩薩本時品第23にあるものであり、単なる自殺ではなく、僧侶としての供養である。

17）近藤紘一『サイゴンのいちばん長い日』（文春文庫、１９８５年）40頁。

18）岡村昭彦『続南ヴェトナム戦争従軍記』（岩波新書青版６０８、１９６６年）10〜13頁。岡村の経験については吉澤南も注目しており、「岡村昭彦が解放区に入ったのも坊さんの仲介によった」と述べている（前掲『ベトナム戦争』２２６頁）。吉澤はさらに、仏教徒の動きに注目し①仏教徒と解放戦線とに共通点があった。それは、仏教徒はベトコンにもコミュニズムにも反対しているが、ベトコン兵士と言っても彼らは元々仏教徒であり、農民であるから熱心な仏教徒である。②反政府闘争の拠点であるベトナム国寺は、独特の行動様式と組織方法をもっていた。具体的には、「非暴力・非協力」をスローガンとして断食や大衆集会を組織したことである。③仏教徒の主張はそもそも反政府的であった。サイゴン政府の軍事独裁を否定する一方、ハノイの「赤色独裁」にも反対した。④農民への援助活動に積極的だった、と指摘している(前掲『ベトナム戦争』212~214頁)。こうした特徴が仏教徒側にあったことによって「解放区が仏教の僧侶を無条件に受け入れ……また仏教徒が農民と「ベトコン」を同等に援助したように、教義においても政治の理論面でもきちんと説明がついていないにもかかわらず、日常的・実践的なレベルでは互いに(「ベトコン」=解放民族戦線と仏教徒=僧侶・尼僧らが―引者注)接近の萌芽を含んでいた」と述べている(前掲『ベトナム戦争』、226頁)。

19) レ・カオ・ダイ『ホーチミン・ルート従軍記』(岩波書店、2009年)136頁。

20) 前掲『ホーチミン・ルート従軍記』173~174頁。

21) 前掲『ホーチミン・ルート従軍記』181頁。

22) なお、『ホーチミン・ルート従軍記』の「解説」で古田元夫は同書の324~325頁に記された「中部高原少数民族出身の若い看護婦が暴行されて妊娠してしまったことを苦に自殺した話」を紹介し、「明記はされていないが、暴行したのは『味方』だったと思われる」(同書382頁)と述べている。

23) グェン・ゴック(鈴木勝比古訳)『海のホーチミン・ルート』(光洋出版社、2017年)209~210頁。

24) 前掲『ベトナム戦争』210~211頁。ここでは、ホーチミン・ルートの成り立ちについて取り上げたが、山岳少数民族の生活についてより詳しく述べているのは本多勝一の『戦場の村』中の「山地の人々」である。ぜひ参照されたい。

25) 前掲『ベトナム戦争』211頁。

26) コンソン島について簡単に紹介しておく。同島は16の島から成るコンダオ諸島の中心である。南ベトナムのブンタウから先の沖合にある島々で、コンソン島のみが有人である。ここにはかつて多くの刑務所が建てられ、多数の政治犯が収容されていた。なかでもよく知られているのはアメリカが作った「虎の檻」と呼ばれる刑務所である。ホーチミン市の戦争証跡博物館には「虎の檻」のミニチュアがあるので、どのような構造になっているかは理解できる。

27) 丸山静雄『ベトナム解放』（朝日新聞社、１９７５年）１５０頁。

おわりに

本書は、はじめにでも述べましたが、ベトナム戦争終結から四〇年以上の歳月を経て、戦争の記憶が次第に薄れていくなか、改めて当時の若者、「若き医師たち」の思いと戦後の歩みを振り返り、戦争の惨禍と平和な社会の構築を見つめ、国際社会の平和をどのように築き上げれば良いのかを改めて問うています。

編者は、一九九四年に初めてベトナムに行き、藤本文朗先生（滋賀大学名誉教授。ベトちゃんドクちゃんの発達を願う会の設立者）らとホーチミン市および市郊外における不就学障害児の家族調査に参加しました。それ以来、四半世紀にわたり六〇回以上渡越し、二〇一六年から二〇一七年の半年間にはハノイ師範大学特別教育学部で在外研究の機会を得るなど、ベトナムから常に多くを学ばせて頂いています。

そのような貴重な機会と経験から、ベトナム各地で障害のある子どもを支える教育、福祉、医療の専門家、研究者の多くの皆さんと出会い、障害のある子どもの教育保障や生活保障を発展させる上での課題をベトナムの人びとともに考え、潜在的で緩やかなものですがベトナムの専門家・研究者とのネットワークをつくってきました。本書の「若き医師たち」は、そのような出会いをもとにしています。

また、翻訳を担当したハンさんはベトナムでの調査研究で、通訳として常に支援してくれ、本書刊行においてはベトナムの歴史を学び直しています。通訳を担当したトゥさんは滋賀大学大学院教育学研究科障害児教育専攻で修士号を取得した編者の教え子でもあり、その後ベトナムで博士号を取得、ハノイ師範大学特別教育学部講師として活躍しています。補論を担当した向井先生は、日本史をご専門にされていますが、二〇〇〇年に編者の誘いでベトナムでの日越友好障害児教育福祉セミナーでの研究報告以来、ベトナムに足繁く通われ、現在では日本ベトナム友好協会京都支部理事長としても活躍されています。本書にありますようにトゥオン医師が対策に尽力されたSARSの流行した二〇〇三年、編者は向井先生とともにJICAの草の根支援事業として障害児教育教員養成のためにホーチミン市幼児師範学校の教室で講義を行いました。それぞれの所属する大学で出張許可を得るのにずいぶん苦労したことや、ベトナム航空の乗客は二〇名にも満たず日本人が私たちだけだったこと、宿泊先ホテルは閑散とし支配人が笑顔で私たちをわざわざ出迎えてくれたことが思い出されます。

なお、編者は、障害児福祉、特別支援教育を専門とし、歴史学や平和学、医学を専門とする者ではなく、本書刊行からすれば門外漢です。しかしながら、障害のある子どもの尊厳や権利保障、とりわけ国連の障害者権利条約に基づくインクルーシブ社会の構築のためには、社会福祉や学校教育だけではなく、貧困の背景にある戦争の防止、平和で安定的な社会システムを構築することが不可欠だと常々考えています。とりわけ、編者にとって、二〇一六年七月の相模原障害者殺傷事件以来、優生思想やヒトラーによる障害者殺戮、世界に蔓延する排外主義への対抗に強い関心を抱き、『障害者の安楽死計画とホロコースト—ナチスの忘れ去られた犯罪』(スザンヌ E エヴァンス著)(二〇一七年)の翻訳に清水貞夫先生(宮城教育大学名誉教授)らとともに取り組みました。そのような問題意識と経験の延長線上に本書の刊行があり、障害者の権利保障と国際平和への思いをここに込めました。

末尾になりますが、本書出版に評価を賜り、序文—刊行に寄せてを記して頂きました日越大学学長、古田元夫先生に、深甚なる感謝を申し上げます。また、厳しい出版事情のなか、本書刊行にご尽力頂き、ご無理を聞いてくださったクリエイツかもがわの田島英二さんに心から感謝を申し上げます。

二〇一九年三月八日 「国際女性の日」に

編著・監訳 黒田 学

|編著・監訳|
黒田　学 (Manabu KURODA)　立命館大学・教授

|執筆|
ダン・ミン・グエット (Dang Minh Nguyet)　ニャンチン障害児学校・校長
ブ・チ・ハ (Vu Thi Ha)　ベトナム枯葉剤被害者協会（VAVA）ホーチミン市支部・職員
向井　啓二 (Keiji MUKAI)　種智院大学・教授

|翻訳・通訳|
ズオン・チ・ゴック・ハン (Duong Thi Ngoc Han)　通訳・翻訳者（ハノイ在住）
ディン・グエン・チャン・トゥ (Dinh Nguyen Tran Thu)　ハノイ師範大学・講師

|序文—刊行に寄せて|
古田　元夫 (Motoo FURUTA)　日越大学・学長、東京大学・名誉教授

若き医師たちのベトナム戦争とその後

戦後の礎を築いた人たち

2019年6月25日　初版発行

発行者　田島 英二
発行所　株式会社 クリエイツかもがわ
〒601-8382　京都市南区吉祥院石原上川原町21
電話 075(661)5741　FAX 075(693)6605
ホームページ http://www.creates-k.co.jp
メール info@creates-k.co.jp
郵便振替　00990-7-150584

印刷所　モリモト印刷株式会社

ISBN978-4-86342-259-9 C0036　printed in japan

好評既刊

新版・キーワードブック特別支援教育

インクルーシブ教育時代の基礎知識

玉村公二彦・黒田学・向井啓二・平沼博将・清水貞夫／編

「学習指導要領」改訂に伴い大幅改訂！　特別支援教育の基本的な原理や制度、改革の動向や歴史、子どもの発達や障害種別による支援など、基本的な知識を学ぶ。教員をめざす人や特別支援教育をさらに深めたい人、特別支援教育学、心理学、福祉学、歴史学のテキストとして最適。

2800円

手づくりの国際理解教育

ベトナム障害児スタディーツアー

藤本文朗・藤井克美・黒田学・向井啓二／編著

日本ベトナム友好障害児教育・福祉セミナーをベトナムで開催。その 16 年間のあゆみから、アジア・ベトナムの障害者問題の理解、日本とベトナムの友好と異文化理解、国際協力、国際平和の活動を通じて培ってきた国際理解教育としての成果を明らかに。

2000円

障害者の安楽死計画とホロコースト

ナチスの忘れ去られた犯罪

スザンヌ E・エヴァンス／著　黒田学・清水貞夫／監訳

ヒトラーの秘密命令書により、数十万人の障害児者を殺戮した安楽死計画。「津久井やまゆり園」での障害者殺傷事件の本質を考え、ナチスの安楽死計画の背後にある優生思想、排外主義への闘いと誰も排除しない社会の構築に挑む。

2200円

「世界の特別ニーズ教育と社会開発」シリーズ　全4巻　黒田学／編

1 アジア・日本のインクルーシブ教育と福祉の課題 ベトナム・タイ・モンゴル・ネパール・カンボジア・日本

先行研究が乏しいアジアのインクルーシブ教育と福祉の課題を探り、日本との比較研究を試み、各国が障害者権利条約の思想を、どのように達成させていくのか、諸課題を提示。

2400円

2 スペイン語圏のインクルーシブ教育と福祉の課題 スペイン、メキシコ、キューバ、チリ

日本での先行研究が少ないスペイン語圏の各国が、障害者権利条約の思想や各条項を、どのように現実のものとして達成させていくのかを探る。

2000円

3 ヨーロッパのインクルーシブ教育と福祉の課題 ドイツ、イタリア、デンマーク、ポーランド、ロシア

財政危機と難民問題で揺れるヨーロッパの各国が、障害者権利条約の思想や各条項を、どのように現実のものとして達成させていくのかを探る。

2000円

4 ロシアの障害児教育・インクルーシブ教育

多くの専門家との研究交流、障害児教育・インクルーシブ教育の理論、モスクワでの質的調査から学校現場の実践の変化を見る。

1600円

価格は本体で表示。